淘寶黃金手

卷八 美人淘寶

羅曉 著

目錄

淘寶
黃金手

第一一六章

巨大能量

雖然感覺丹丸冰氣的運轉很緩慢，
但事實上，它的速度是很快的。
因為晶體裏的能量太過龐大，
比之周宣在美國天坑洞中吸取的那塊巨大金黃石中的能量，
還要大上幾千幾萬倍，遠非周宣所能想像。

周宣又呆又氣的惱了一陣，隨即惱怒的把晶體狠狠摔在地板上，晶體「啪」的一聲彈了起來，卻是沒摔碎。

看來這個晶體並不是平常見到的水晶那種物質，因爲水晶是會摔碎的，這個東西摔不碎。

周宣又找了錘子等工具來砸，鋼鋸來鋸，累了半天，累得氣喘吁吁的，卻始終沒能把這塊晶體弄壞，到最後，只累得坐倒在床上，只是盯著晶體喘氣！

到底要如何才能把這東西打爛呢？

到這時候，周宣想的甚至不是如何把冰氣吸回來，而是如何才能把這塊晶體打爛，弄壞它！

喘氣歸喘氣，惱怒歸惱怒，歇了一陣子，周宣才平靜下來，端詳著晶體，慢慢尋思其他法子。

始終都沒想出法子來，周宣嘆了口氣，心想：這冰氣怕是弄不回來了，得來偶然，失去時同樣偶然，或許這就是命中注定吧。

不過，自己依靠著這偶然得來的冰氣，得到了無法想像的巨額財富，又得到了傅盈這樣的美女傾心相愛，想一想，就算沒了冰氣異能，自己依然是賺了的！

或許這個世界上本就沒有事事如意的事，不是說沒有十全十美的人嗎？那自己的冰氣消失也就不足爲奇了！

人有悲歡離合，月也有陰晴圓缺，好事多了，自然就會有壞事。好在自己也只是失去了冰氣異能而已，自己的財富和所愛的人都沒有失去。

但是，依靠冰氣異能得到的財富，要是最終有一天失去了異能，自己又該怎麼辦呢？

真是沒想到，這一天來得如此突然。這段時間，自己的冰氣正在迅猛精進，得到這塊金包水後，本想又有一道能量加入，卻沒想到，這金包水裏的能量是如此的猛烈，龐大到不可想像，自己沒吸到它，反而被它吸了個乾淨！

嘆息了一陣，無法可施，周宣乾脆坐在床上打坐，練起呼吸來。

以往修煉的勁氣也都隨著丹丸冰氣一起被吸走了，因爲體內勁氣是與冰氣組合成了一種新的能量，被吸走後，周宣練了多年的內氣也消失得一乾二淨。

練了半小時，周宣身體內也沒有一絲反應，而以前，只要周宣一練習，體內就會有一道熱氣跟著意念流淌，但現在這道氣流卻是沒有了。

不過周宣從很小的時候就開始練這呼吸功法的，那時候，一連練了好幾年，身體裏都沒有氣流出現，不過在練這呼吸功法後，身體倒是強健了許多，跑步爬山如履平地。幾乎差不多練了五年後，身體裏才有了明顯的氣流。

有了這個經驗，周宣也沒有太多的氣餒，依舊慢慢練著內氣呼吸法。練了呼吸法後，心

裏的煩躁便會平靜下來，心性也會平淡下來。

現在，周宣主要是想揮去那份懊悔的心思，漸漸便有些忘我了，甚至不知道練了多久，一點兒也沒再想到別的什麼煩心事，一心一意只是在練習著呼吸法門。

似乎有了一絲淡淡的氣流，雖然淡，卻不像開始那樣的一點也感覺不到。這時開始有一種明顯感覺得到的氣流，隨著意念在身體裏一圈一圈地轉動，又流到左手腕以前丹丸冰氣停留的那個位置。

周宣在這個時候，腦子裏沒有想到別的什麼，只是自然地又把左手腕裏的氣息運起來。就當冰氣還在時那樣的運動，自然而然地又從左手指上運出，卻不曾想到，左手裏正拿著那塊晶體。

錘打不爛，鋼鋸不壞的晶體，此時卻也接觸到那一絲淡淡的氣息，便似乎有些躍動不已！

當然，這只是周宣的感覺。如果在外人瞧起來，無非就是周宣靜坐著，握著塊晶體在睡覺而已。

淡淡的氣息一接觸到那塊晶體，立即便透了進去，接著，便又感觸到了那大海一般龐大的純冰氣能量，翻翻滾滾地如鋪天蓋地一般。

周宣猛然一驚，這才省悟到，自己的冰氣就是因爲這龐大的能量而被吞噬的，因而搞到自己現在這個模樣，難道又要重來一次昨天的經過？

周宣一急之時，正想著要把氣流撤回來，但同時卻又感覺到，這絲淡淡的氣流在那龐大的冰氣能量中卻並沒有被吞噬！

這就有些奇怪了，不過，只要沒被吞噬，周宣便不著急，讓淡淡的氣流在晶體的能量中感觸著。最終，周宣有些明白到，或許是這氣流跟冰氣能量並不相同，所以才沒被吸引吞噬。

這可能就是原因了，周宣任由氣流在冰氣能量中接觸感受，兩種能量各不相同，就像往大玻璃瓶中扔了一粒米粒進去，飄飄蕩蕩的，雖然動盪飄浮不定，但卻始終不會被吞噬掉。

在奇怪的感覺中，周宣任由氣流在晶體冰氣能量中暢游著，感受著，心裏好生納悶，那塊晶體，自己用肉眼瞧起來就只有一寸見方，這麼小小的一個物體，裏面怎麼會有如汪洋大海一般的感覺呢？

當然這也是感覺，看是看不到的，或許感覺就只是一種念頭吧，人說念頭是無邊的，想像是無邊的，想像有多大，這塊晶體的能量就有多大吧。

接下來，周宣忽然覺察到一股旋轉著的氣流，而且這氣流自己還非常熟悉，努力感覺了一下，這才恍然大悟！

這旋轉氣流竟就是周宣自己那被吞噬了的丹丸冰氣！

原來，丹丸冰氣被吸收進晶體中後，並沒有被它溶化掉，成為晶體的一部分，而是像一個極度旋轉的漩渦一般，一直在慢慢地緩緩地捲裹吞噬著晶體中的能量！

丹丸冰氣之所以會被晶體能量吸收，是因為兩者本來同出一源，是一樣的能量，但晶體能量顯然龐大得多，所以，周宣體內的冰氣會被晶體收掉，但又因為周宣體內的這丹丸冰氣早已不是純粹的冰氣能量，而是一種跟他自身內氣緊密結合的新能量，所以，晶體內的冰氣能量就化解不了周宣的丹丸冰氣，反而是周宣的丹丸冰氣在緩慢翻捲著晶體內的冰氣能量！

雖然感覺丹丸冰氣的運轉很緩慢，但事實上，它的速度是很快的。因為晶體裏的能量太過龐大，比之周宣在美國天坑洞中吸取的那塊巨大金黃石中的能量，還要大上幾千幾萬倍！這股能量之龐大，遠非周宣所能想像。

此刻，周宣早已激動萬分。終於又觸到了自己日思夜想的丹丸冰氣了！

此時，那金黃色的丹丸核心似乎漲大了數倍，跟以前相比，明顯要大了很多。以前只像顆小珠子，現在卻像個大鵝蛋了！

脹大的丹丸冰氣一嗅到周宣浸入的氣流，立即便竄了過來，似乎是遇到了親人一般，依戀至極地跟著這氣流往回竄！

周宣還沒有準備好，丹丸冰氣便沿著他體內經氣的通道竄回左手腕裏，迅即像以往一樣在經脈中流轉起來。

周宣痛楚地哼了一聲，這種感覺便像是一個大人把粗大的手和腿硬往嬰兒的衣服裏塞一般，但丹丸冰氣可不講客氣，硬生生地往他身體裏擠，硬是把路強行擴寬了！

丹丸冰氣在把周宣體內的經脈通道都行走了一遍後，這才安靜下來，回到左手腕裏停留住。

也就在這個時候，周宣終於忍不住狂噴了一口鮮血，撒手一扔，將晶體扔了出手！從此伏在床上暈了去。

原來，丹丸冰氣自昨天被晶體吸收過去後，一直在晶體中旋轉吸收著晶體內的能量，一天一夜中能量增加了十數倍，這一下忽然又回轉來後，周宣便受不了了！

這忽然漲大了十倍有餘的丹丸冰氣又突然回到體內，不僅是周宣體內的經脈承受不住，任誰也是一樣。那就如同一個氣球，平時也能裝個半兜水，但忽然一下子要往裏面裝一桶水，那就會把氣球裝爆，水會溢出來，是一樣的道理。

好在周宣的丹丸冰氣並不是純粹的冰氣能量，而是與身體內氣結合的能量，所以丹丸冰氣在回轉周宣身體內的時候，先跟著在他修煉內氣的經脈通道裏流轉了一遍，龐大的能量便如一輛大車一般，硬生生把周宣體內的經脈通道強行擴大了。

雖然周宣這一下子受到了極大的內傷，經脈通道受損，但好在路已經被開出來了，需要的只是把路再慢慢修好，修踏實，以便大車可以順利通過。

這就是周宣不幸之中的萬幸了。如果他以前沒有練過內氣，那冰氣就不會變異成丹丸冰氣這種新能量，那樣的話，冰氣一旦被晶體吞噬，就將不再回頭；但現實是，周宣的丹丸冰氣不僅回來了，而且還裹挾了晶體內的所有能量歸來，就像一個滿載而歸的大將軍衣錦還鄉，家鄉那塊小地方還真有點承受不住這個大場面了。

好在周宣受傷時把晶體扔了出去，要是晶體裏的能量依然往他身體中輸送，那他肯定會爆體。但現在，他只是經脈受損，只要時間長些，身體就會慢慢恢復好。一旦他的冰氣能量修繕好傷處，他的異能便立刻會上漲十倍有餘。只是，到底會衝到什麼樣的高度，誰也不知道。

現在的情況卻是，周宣在極度的痛楚中，已經噴血暈了過去。

再次醒過來後，周宣發覺自己竟然不是躺在家中，而是躺在醫院的病房裏。房間是單人病房，有醫院的標誌。旁邊，傅盈伏在床邊睡著了，一雙手卻是緊緊抓著周宣的右手。

周宣瞧著傅盈側著熟睡的臉蛋，白皙豔麗，但同樣顯得很疲憊，長長的睫毛在顫動著，眼角邊似乎還有絲絲淚痕！

也不知道過了多久，周宣瞧著窗外，因爲有天藍色的窗簾遮著，瞧不見外邊的景色，只從窗簾中透出白色亮光，似乎是白天。好像自己回房間後的時間是下午三四點吧，難道現在才四五點鐘？瞧樣子天似乎還沒黑。

周宣仔細回憶起來，自己是怎麼到了醫院裏的？

回房間後，自己先是敲砸晶體，然後無法可施後，就開始練習起內氣呼吸，然後，然後……周宣猛然記起了後面的情形！

想到這兒，周宣身子一顫！

傅盈馬上就驚醒了。抬起頭盯著周宣愣了一陣後，才驚喜起來，叫道：「周宣……你你醒了？」

「沒有醒，你是在做夢！」周宣笑嘻嘻隨口胡說著。

傅盈一怔，然後在自己的手指頭咬了一下，很痛，顯然不是在做夢，隨即惱道：「我都急死了，你還在說笑！」

說著淚珠滾落，如珍珠般顆顆灑落。

周宣頓時慌了，忙道：「好了好了，盈盈，我是跟你說笑的。我什麼事都沒有，你瞧我不是好好的嗎！」

傅盈哭雖哭，但還是趕緊起身出病房叫了醫生過來。當醫生給周宣做了檢查後，點點頭道：「很好，初步檢查是正常，但還需要進一步仔細檢查！」

昨天周宣被送過來後，專家們都確定過，這是屬於神經和經脈系統受損，治這種病的難度是很大的，所以院方讓傅盈等家屬們做好轉院的準備。因為在國內，這種病是很難治的。

傅盈嚇得不得了，也不知道周宣好好的，怎麼會忽然出問題了，專家組給的檢查報告也很嚇人。

來這兒還是魏海洪送過來的，是老爺子特地安排的。這是特約醫院，這兒的醫生都這樣說，那就表明周宣的病確實很重了。

按常理來說，周宣這個病確實是很重，經脈受損，目前世界上的醫學界還沒有把握治好，練內功的事，可以算是傳說中的故事吧，現實中還是難得一見的。

但周宣不同，他的冰氣異能本就不是屬於這個世界中的產物，本身又有極強的再生和自癒能力，當時傷得雖重，但一夜過去後，比以往漲大了十倍的冰氣異能，就已經把體內受傷的經脈修復治療完畢。

周宣動了動手，覺得沒什麼不妥，反而覺得精神百倍，神清氣爽的，比以前任何時候都要好，然後便想到了一個很重要的問題：

「盈盈，我房間裏有顆小小的水晶一樣的小晶石，你看到沒有？」

小晶石？傅盈怔了怔，隨即搖頭道：

「沒有看到，剛才，劉嫂做好晚餐後，我上樓來叫你，叫也叫不醒，門也推不開，你反鎖了。我當時就嚇到了，趕緊把門踢開，見到你正躺在床上，到處都是血。我哪裡還去看什麼，背了你就下樓。全家人都嚇倒了。媽媽叫我打電話找洪哥，洪哥和老爺子馬上就趕了過來，一起把你送到這裏的。」

此刻，周宣也不敢把冰氣運起來檢查，因爲怕又出什麼問題，而且自己也感覺到身體比以前有了極大的不同，不對勁的地方很多，如果在這裏出了什麼問題可不好遮掩。

傅盈還不知道晶體是什麼東西，也沒看見，周宣也不好在這時候再細問，再說，傅盈說不知道，那就是真不知道了，要想確定自己的晶石還在，那就得趕緊出院，自己回去找找看。

這時候，老爺子和洪哥都趕過來了，一起的還有金秀梅和周瑩。她們也是一起過來的。大家在醫院病房中守了一夜後，老爺子讓醫院小廚房做了飯菜，請金秀梅母女吃飯。傅盈不去，說這兒總得有個人守著才好，老爺子也就沒強行要她去。

其實在這樣的高級病房，醫院是有特別護士看護的，不過傅盈非要自己守著。那也沒辦法，她太擔心了，這也是情有可原的。

魏海洪一見到周宣醒過來了，當即喜道：

「兄弟，好些了沒有?昨天你可嚇壞人了！」

老爺子上前也仔細瞧了瞧，周宣精神看起來很好，跟昨天完全是兩個樣，也很欣慰地說

道：「小周，怎麼回事？」

周宣瞧了瞧四下裏，見醫生和護士都走了，這才低聲道：

「老爺子，洪哥，我沒事，昨天我練功的時候出了點麻煩，不過現在都好了。功夫上的事也不方便說，反正我已經好了，我想出院。」

老爺子聽周宣這樣一說，心裏倒是放了心，因爲他知道周宣身上是有些奇異之處，雖然醫院檢查的結果很嚇人，但周宣自己醒了這樣說，他也就放心了。畢竟他是經受過周宣異能治療的，他的絕症和老李多年的彈片都能被周宣治好，醫院可是沒人能解釋清楚的。

點了點頭，老爺子便先到院方辦公室談出院的事。院方當然惟命是從，進來也是他吩咐安排的，出院當然也看他的意思。

手續很簡單，周宣一家人幾乎什麼事都不用辦，直接進又直接出的，回去也是老爺子的警衛開車送。

回到宏城花園的家中，老爺子和洪哥坐了一陣，又囑咐了一下金秀梅，讓她有事就打電話過去，需要什麼就說。金秀梅感激地謝過了。

把老爺子和洪哥送走後，周宣這才急急到了三樓自己的房間中。房間裏的床單床罩被子都被劉嫂換了。在地板上，周宣沒有找到那塊晶體，又找了好一陣，最後才在桌子下的牆角邊找到了。

周宣不敢再運一絲半分的冰氣異能，只是用手拿了那晶體，然後找了個櫃子拉開來，趕緊塞了進去。

這東西倒不擔心被別人拿去，周宣也明白，自己是因爲意外獲得了冰氣異能，因爲有了異能才能吸收到金黃石裏面的能量，所以他並不擔心別人也會獲得同樣的能量。這在之前他便知道了，在美國的時候，傅天來和傅盈都曾接觸過那塊小的金黃石，但他們都不曾得到異能，只有他才能吸收那裏面的能量。

而現在，這塊晶體就是他冰氣能量的新來源。只是晶體裏的能量顯然太過龐大，相較之下，以前的那些小金黃石就是一顆小電池，那塊重達數噸的天坑大金黃石就是一個汽車電池，而這塊晶體簡直就是一個電廠了！

晶體的能量就像電廠裏那源源不斷的電能，至少在目前看來是取之不竭用之不盡的。不過，周宣可再也不敢輕易碰它了！

不過，這個時候，周宣可以來審試一下自己的身體和冰氣的情況了。他本想把房門關上，但瞧見房門已經被踹了一個大洞。顯然是被傅盈一腳踹出來的。

周宣苦笑了一下。由得他去了，明天再叫人來修門吧。

坐到床上後，周宣緩緩地運起冰氣。因爲昨天那恐怖的記憶，周宣可不敢盡力運起冰氣，先是運了一小部分冰氣，然後沿著經脈小心地運行著。

不過，這時候的冰氣在經脈中運行時，卻是極爲舒服的感覺。就像烈日暴曬下乾涸的水溝中流來了清涼的山泉水，經脈滋滋地吸著冰氣帶來的營養。

周宣同時感覺到，眼下這一小部分的冰氣遠不夠經脈和身體的吸收程度，於是就慢慢加大了冰氣的運行力度，運轉不到五圈，周宣就把冰氣完全運行起來。

當冰氣完全運行起來的時候，周宣感覺到身體的敏感度前所未有的高昂，閉了閉眼睛，冰氣便將四周幾乎五十米的範圍盡收眼底，腦子清清楚楚印出了這五十米範圍中的一切動靜。

周宣一喜，以前冰氣最強的時候，也只能測到十五米範圍以內的動靜，但現在，輕易就擴大到了五十米，看來，丹丸冰氣的增長的確有了一個質的飛躍！

通常，這類的增長能以常規論，比如丹丸冰氣的能量似乎增加了十倍以上的量，但探測的距離卻是沒有增加到十倍。

顯然不能這樣計算。因爲如以中心點爲三百六十度全方面散開，那每輻射多一寸，花費的力度都需要大十倍。

這就跟一顆燈泡在曠野裏，燈光照射的距離至多不過是幾百米。但如果把光聚成一束，集中在一個點上，那照射距離就會遠得多。

一想到這兒，周宣呆了呆，馬上想到，要是把冰氣聚束成一個極小的點，不知道能探測到多遠的距離？

想到便做，周宣當即把冰氣束成一條細絲狀，然後再把絲狀的冰氣往一個方向傳遞出去。當穿透牆壁的時候，冰氣的強度便弱了許多，難度就大了些。

想了想，周宣換了個方向，把窗戶打開。窗戶外是一片空曠的綠化地帶，另一棟別墅隔了約有四百米遠，這個方向沒有阻擋，很合適。

周宣又將冰氣從窗戶上運了出去，在沒有阻擋的情況下，冰氣的前行是順利了許多，但運到七十多米，接近七十五米的距離後，便再也支持不住，呈弧形跌落在地上。

冰氣跟光不一樣。光可以直射出去，但冰氣就像投射出去的箭和子彈一樣，到了極限後便會呈弧形狀彎下來，最終跌落到地上。

冰氣呈四面八方的話，現在能達到五十米，單獨運成束的話，也只能加多二十米，最高達到七十多米的樣子。也就是說，以前周宣轉化物體的距離是十五米，現在能達到五十米，聚成束專攻某一點的話，能達到七十多米。

不過反過來想一想，能制敵於七八十米的距離而不動聲色，這已經是一件非常了不起的能力了。

周宣又想了想，既然冰氣也能像地球萬物一樣受到地心引力的作用，最終會呈弧形跌落，那爲什麼不能直接探測一下地底呢？

如果全力運冰氣成束，最終能測到多遠的距離？往地下肯定就容易多了，周宣忽然興奮起來。要是能探測到地下很深的距離，那不是可以輕而易舉就探測到地底下的寶藏了？

這個可不錯，要是用到挖礦上，什麼金礦玉礦，那還不是手到擒來。

周宣忍不住笑呵呵地又運起冰氣，凝成束，然後往底下探去。確實沒那麼吃力了，但穿透兩層樓房的水泥板後，冰氣的品質就下降了一半。到底樓鑽進地下時，冰氣的品質就淡化了三分之二，探到地下不過是二十米的樣子，冰氣就再也探不下去了。

看來這條路還不大行得通。只能探到地底下二三十米，用處還是有，但並不像自己剛才所想的那樣，想探什麼寶貝就能探到什麼寶貝，土地似乎並不怎麼傳導冰氣。

就如同銅線、鋁線可以導電一樣，土地也可以導電，但不夠遠就散了。而鋁銅卻可以達到不可想像的距離，而用在土地上，結果還差得遠。

周宣摸了摸頭，看來對於水和土地，冰氣在穿過的同時也就散了，所以冰氣在到了一定的限度後，就再也無法穿透得更遠，但在銅線和鋁線上面呢？

一想到這個，周宣又想起以前在雲南騰衝賓館中的那一次，自己也是將冰氣運到酒店房間裏的電線中，結果就達到了百多米遠的距離，而現在自己冰氣的能量大增，又能在導電的銅線中傳多遠呢？

不過，周宣對這個的興趣不太大了，畢竟不是任意運行探測的距離，通過金屬線而探測的距離，再遠又有什麼用？

想探測地底寶藏，難道還要把金屬線挖坑往下放？既然能挖到那麼深的坑，那也用不著他來測了！

不過反正坐著沒事，周宣就把冰氣運起，從頭頂的電源線中傳進去。

第一一七章

雙喜臨門

金秀梅心裏一動，

這才注意起李麗來，這個女孩清秀明豔，婉約動人，

雖比不上傅盈那驚人的美麗，但也有一種小家碧玉的感覺。

當即就更加用心的觀察兩個人，心裏樂開了花，

當真是雙喜臨門啊。

從電線中，周宣明顯感覺到，冰氣很活躍，毫不費勁就透了過去。而且速度很快，幾乎可以比擬子彈和聲音的速度，又因爲冰氣在電線中運行，根本不需要再費力把冰氣約束成絲，這又省了很大的精力。

冰氣在電線上到底跑了多遠，周宣也搞不清楚，因爲電線很多地方是轉彎和曲折的，但凝神在某個終點處時，把冰氣從那個點上透出去，周宣腦子中就見到了那個點左右四五米範圍的情形。

手機廣告?周宣覺得很眼熟，這才想起，某支手機廣告就是在宏城廣場外的街道邊，離這兒至少有一千米遠吧?

應該還不止，因爲冰氣在電線中肯定走了許多的彎道和曲線，所以真正講距離的話，肯定不止一千米了。

能探測到一千米以外的距離，看到這麼遠距離的情境，確實是一件讓周宣自己都驚詫不已的事了。不過，這個距離卻是要用電線來傳導的，讓周宣覺得沒多大用處，與自己想要的似乎不太相符。

把得而復失的冰氣反反覆覆地探測來探測去的，又測到了不少新的用法。

冰氣大增的情況下，探測所費的能量幾乎可以忽略不計，這讓周宣本人非常興奮，因爲冰氣不僅回來了，而且能量又增加到了以往難以想像的程度。

這一切，太讓人驚喜了！

在床上興奮地用冰氣做著這樣那樣的試驗，忽然間，周宣冰氣探測到傅盈在隔壁的洗手間中，不由得一下子激動起來。

不曉得是激動還是興奮，周宣似乎連手腳都顫抖起來，又忽然覺得自己有些卑鄙，難道要窺探盈盈？

周宣最終還是沒捨得把冰氣縮回來。

在洗手間的傅盈並沒有脫衣脫褲，而是站在大鏡子面前瞧著自己的面容，然後雙手合十，低低說了聲：「老天爺保佑我的周宣平平安安的。」

又靜了一會兒，傅盈在鏡子前哈了一口氣，然後在上面寫了「周宣」兩個字，又在名字上面畫了一個心形，最後伸頭湊攏過去，在名字上面吻了一下，這才整整衣衫出了洗手間。

周宣幾乎是用冰氣探測到傅盈往自己這個房間而來的，直到傅盈走進他的房間，他才趕緊把冰氣收回來。

「你怎麼樣了？」傅盈盯著他瞧了一陣子，然後伸手捏了捏他臉蛋，說道：「嗯，看起來是好多了！昨天嚇死人了，那一陣子你老是這個樣子，好像很疲倦，但現在看起來精神好像很不錯，眼睛也有神，就是好像……有點傻傻的！」

剛才以爲傅盈在洗手間裏會怎麼樣，所以周宣一直到現在都有點呆傻，也覺得這樣對盈盈有點太齷齪了，臉上一直發燒！

「沒什麼，剛剛睡了一覺。頭還有點昏。」

周宣隨便扯了個話題遮掩著，「我還得找人修門呢！」

傅盈瞧了瞧門，笑吟吟地道：「哎喲，對不起，你別管，明天我找人來修，媽媽說要請人來裝修房間，這樣乾脆順便裝修了！」

周宣心裏還在想著自己的冰氣，也沒怎麼注意便道：「要裝修房間？好好的裝修什麼，我覺得挺好的啊。」

說了這幾句話，周宣停了停，抬頭見傅盈正惱怒地盯著他，咬著唇卻不說話，顯然有些生氣。

周宣一怔，見傅盈嗔怪的表情，忽然想了起來，老娘說請人選日子，要把自己和傅盈的婚禮辦了，而傅盈這段時間都在和老媽一起忙著準備婚禮，怎麼自己好像一點都不記得這事？

傅盈肯定是生氣了，周宣趕緊一拍自己的腦袋，急急說道：

「盈盈，對不起，我忙壞了，連這事都不記得。趕快裝修吧，把我們的新房裝修得漂漂亮亮的，只要你喜歡，你要弄成什麼樣都可以！」

傅盈剛剛是生氣，但周宣一說出來，氣也沒了，臉也紅了，周宣就喜歡看傅盈這個害羞勁。

「下去吃飯吧，我跟媽媽特地到市場裡買了些補品回來熬粥，劉嫂都已經熬好了粥！」傅盈扭了頭，然後叫周宣下樓去。

傅盈實在是太容易害羞了。周宣瞧著她的面容很有倦意，這兩天為他可是擔心夠了，在醫院怕也是一夜未睡。

周宣心生愛憐，不忍心再逗她，拉著她的手，親熱地往樓下去。

客廳裏，金秀梅瞧著兒子跟傅盈手拉手親熱的樣子，笑得嘴都合不攏來，最近為了兒子的婚事正費心籌備著，在她心裏，只想儘快讓兒子結婚。

一家人坐到餐廳裏，金秀梅先給兒子和傅盈親自盛了一碗粥，說道：「這可是藥膳粥，你們兩個都吃一點，補身子的！」

傅盈接過來，柔柔地說道：「謝謝媽媽！」

儘管沒有結婚，但傅盈卻是依著金秀梅的性子，對家裏人都照著婚後的習俗稱呼著，周宣一家人都是高興得不得了。

而現在，家裏人基本上都知道傅盈的身分和身家，人家一個富貴千金能到他們周家來，

而且沒有一點架子，也沒有嬌生慣養的脾氣，不懂不會的地方也是盡力學著，還能要人家怎麼樣？

家裏也就是周宣的爸爸周蒼松很少回家，因為店裏走不開人。而周濤這兩天也很忙，晚上回來很累，早上一大早就走。因為許氏珠寶公司的事情忙得不可開交，周濤本來昨天晚上就要跟周宣彙報一下，許俊成把許氏公司的名稱都改了，改成「周氏珠寶」了，但昨天周宣吐血昏迷，周濤也就沒機會說，心裏又擔心哥哥的病，今天還特意回來得早了一個小時。

金秀梅瞧見周濤身後還站著李麗，手裏大包小包提了好幾袋水果，愣了一下，趕緊道：「周濤，小李也一起來了？正好在喝粥，小姐，坐下來也喝點！」

周宣瞧見周濤跟李麗的表情有些扭捏，心裏便有了數，笑道：「李麗，坐下來喝點粥！」

見周宣招呼她，李麗也不客氣，大大方方地坐了下來。

周濤趕緊主動盛了一碗粥，遞給李麗，李麗卻把這碗粥端到了金秀梅面前，說道：「伯母，您請用！」

李麗瞧著周宣和傅盈面前都有粥，唯獨金秀梅面前沒有，所以就把粥送到了她面前。就這麼一個小小的舉動，卻讓金秀梅心裏一動，這才注意起李麗來，這個女孩清秀明豔，婉約動人，雖然遠比不上傅盈那般驚人的美麗，但也自有一種小家碧玉的感覺。

金秀梅又瞧了瞧周濤，見兒子愣了一下後，趕緊又盛了一碗粥給李麗，瞧著這個場景，金秀梅心裏怔了怔，隨即想到，難道這是小兒子找的女朋友？

金秀梅一注意起來，當即就更加用心的觀察兩個人，越瞧越像，心裏也是樂開了花，當真是雙喜臨門啊，大兒子要結婚了，小兒子又交女朋友了，當老人的，無非就是盼著兒女能好好地成家，抱孫子。

像金秀梅、周蒼松這樣的鄉下人，思想是很傳統的，年紀大了也就只有這個想法，再說，以周宣的年齡，也不算小了，在城市裏不算晚婚，在他們鄉下來說，過了二十五就算晚婚了。

現在已經入冬了，轉過年頭，周宣就二十七歲了，金秀梅如何不急？

大兒子周宣二十六還沒結婚，二兒子周濤可也是二十四了，在農村來說，已是屬於踏入晚婚的階段了，就是女兒周瑩，二十二歲，在農村來說，女孩子過了二十二三還沒嫁人，當父母的就會焦急了，如今，自己這三個兒女可一個都沒解決掉呢！

而現在他們周家，金錢已不是難題了，房子也有了，家裏有用不完的錢，甚至連兒媳婦都住在這兒，金秀梅老兩口日思夜想的就是趕緊讓老大先結婚，這個念頭，尤其是特別重。

現在，金秀梅又見到二兒子跟這個李麗的表情有些不一樣，自己的兒子，怎麼會瞧不出來有異常呢？

又瞧了瞧周宣，周宣和傅盈都是笑嘻嘻的樣子，一點也不覺得奇怪，金秀梅心裏就惱了，這幾個傢伙看來都明白這回事，卻都是瞞著她一個人！

不過惱歸惱，現在在李麗面前卻不能表現出不滿來，等她走了才來罰他們！

「小李啊，嗯，慢慢吃，別噎著。」金秀梅一邊故作漫不經心地說著，一邊卻又話鋒一轉，問道：「小李，在店裏上班習慣吧？家裏有幾個人啊？父母都是做什麼的？」

李麗停下吃粥，然後很有禮貌地回答著：

「嗯，在店裏上班很習慣，不過，周大哥昨天又讓我到珠寶公司去了。我家裏就只有父母，一家三口人，父母都是做小生意的，開了一間漁具店！」

李麗對金秀梅的問話一一清楚回答了，而且對父母的工作和收入都不隱晦，直言說了出來。

一般有錢人家對兒女的婚事是很看重門當戶對的，李麗最近跟周濤兩個還真是有些心意相通，情投意合的樣子，李麗心裏便有些顧慮，加上周濤還沒正式跟她挑明，事情也沒進展到什麼地步，所以也沒有深想。但李麗心裏還是考慮了這些事。

周宣看起來可是極為有錢的人。一開始在古玩店上班的時候，李麗沒想到周家有錢到了她想像不到的地步，因為古玩店的規模，最多也就幾百萬的光景吧，不過上班後她就吃驚了，前幾天，店裏拍賣兩件物品的入賬，竟然高達兩億多！

上了那麼久的班，李麗也明白，這個古玩店，基本上就是周濤的哥哥周宣一個人投資的，而店面的規模接近三億，周濤也有百分之十的股份，那可是三千萬的財產啊！

接著，周宣又把她調到珠寶公司來專門做財務。通過一天的瞭解，她對周宣投入珠寶公司的計畫和資金也有了全面的瞭解，直接投入的現金是四億，而另一邊解石廠目前解出來的翡翠估價比投入的四個億的現金還多，那周宣的財產是多少？

就以這間珠寶公司的財產來計算，至少都接近九個億，除去許俊成和周濤的百分之二十的股份，周宣一個人占百分之八十，那就是七億多的財產，再加上古玩店百分之五十的股份，周宣就擁有幾乎九億的財產。

還有其他沒暴露出來的財富。李麗幾乎可以肯定，周宣的財富是數十億級的。這樣的富豪家庭可不是她能企及的。周濤作為周宣的弟弟，兩間公司的股份財產加起來也已經過了億！

她可是跟一個億萬富翁在談戀愛，這會有好的結果嗎？

這就是李麗最擔心的問題。不過，接觸這麼久，李麗對周濤還是有所瞭解的，周濤雖然擁有驚人的財富，但為人卻不像一個有錢人所有的脾性，還保有單純的鄉下人性格，這一點，李麗很喜歡。

但周濤是這種性格，卻並不表示周濤的父母也是這種性格。李麗猶豫的正是這個。周濤

膽小，沒有先表示出來，所以她也沒有把事情說白。

但她根本就沒有想到，周宣一家人連暴發戶的心態都沒有，父母更是一樣如在鄉下時的念頭和做法，並沒有把自家定格有多高，反而只想著人家女孩願意不願意，從沒想過要提出多的要求。

大兒媳婦傅盈，那可是讓金秀梅和周蒼松老夫妻喜出望外，在他們心裏，傅盈配兒子是綽綽有餘的，今天這個李麗，金秀梅也覺得喜歡，要是周濤能娶回家，那也是周濤的福氣。

李麗回答了她的話，金秀梅就知道李麗的家庭只是普通家庭，心裏更高興，女方家普通點好，再說，李麗這女孩子確實也不錯，瞧起來就討人喜歡。

周濤給李麗盛了粥後，自己也盛了一碗，呼呼啦啦就喝了起來。一碗粥喝完後才停下來對周宣說道：

「哥，公司的名字改成周氏珠寶了。許總的動作還真快，請回來的工匠們都給秘密安置在郊區解石廠，估計在一個月以內，就會有批新款式的物件上市。目前，許總也已經從國外訂購了一批珠寶。一周內，新的珠寶公司就可以正常營業了！」

周宣擺擺手，說道：「吃飯不談正事，我讓你跟小麗過去，就是協助許總把新公司做好，你不大懂，就多學多做，多學點經驗，公司可是我們自家的，自己有能力才能站得住腳，別的我就不說了！」

「哥，我知道！」周濤不再說了，又繼續喝粥。

周宣對弟弟的性格很瞭解，踏實肯幹。因爲學歷不高，所以心也不高，忽然有了大筆的財富，人卻沒有變得驕傲起來，這一點，他還是很放心的。

周濤和李麗是來看周宣的，這時見他精神很好，不像有病，也就放心了。

吃完飯後，在客廳裏，劉嫂端上水果盤出來，周宣拿了一隻香梨咬了一口，電話就響了。

傅盈接的電話，掛了電話後走過來對周宣道：

「是洪哥找你，說是有朋友有一個活動，好像是說鑑定什麼的，讓你跟他去一趟，在家等你！」

「哦，那我這就去！」周宣說著站起身來，傅盈卻是咬著唇有些不高興。

金秀梅卻是明白傅盈的念頭，周宣要到魏海洪那兒去，搞不好就見到魏曉晴了，傅盈當然會不高興！

周宣沒有注意到傅盈的表情，自己換著球鞋，然後說道：「我去洪哥那兒，你們在家好好玩玩，周濤，如果有空，你陪小麗出去逛逛街吧。」

「兒子！」金秀梅眼尖，在傅盈生更大的氣之前先說道：「兒子，讓盈盈跟你一起去，

這幾天她照顧你也很累，帶她出去走走，散散心！」

周宣一怔，瞧了瞧傅盈，這才發現了不對勁，訕訕地笑了笑，然後攤攤手道：

「好吧，一起就一起去。」

傅盈這才高興起來，出了別墅就挽著周宣的手臂，倆人也沒開車，走到宏城廣場外攔了輛計程車。

趕到魏海洪處後，魏海洪早備好車在等著，老爺子似乎不在家，如果在的話，知道周宣要過來，那肯定是要在外面一起迎接的。

魏海洪準備的是一輛深黑色的賓士，這車對他來說，算是極爲普通的，就像一般人開輛桑塔納一樣。

魏海洪笑著讓傅盈和周宣上了車，魏海洪自己坐到了司機的副駕座上，吩咐司機開了車後，才回頭說道：

「兄弟，也沒讓你到家裏坐一坐，今天叫你來，沒有什麼要緊事，只是有一個民間收藏愛好者的活動，有一些專家在場，類似於民間鑑定什麼的。不過，雖然是民間活動，也會有不少好東西，這兒是天子腳下，民間可是臥虎藏龍的！」

魏海洪一直喜歡收藏，且不惜花大錢，不過回京後諸事耽擱，並沒有讓周宣見到他的藏品。今天說起去這麼一個地方，周宣也欣然而來。

周宣就是靠古玩起家的，雖然是因爲冰氣異能的原因，但不得不承認，異能對古玩古董和玉石的確是有更特殊的用處，所以周宣自然而然就對古玩產生了難以割捨的親切感。魏洪海一說起這個，周宣立刻就有了興趣，從前他是一竅不通，現在就不可同日而語了。

周宣經歷了這麼多事，又加上冰氣的能力以及每晚臨睡前看書做功課，現在的他，古玩類知識大增，幾乎可以步入準高手的行列，何況運起冰氣來，他的鑑定能力可是當下無人能及的。

魏海洪對傅盈隨時跟著周宣倒是不覺得奇怪，也不反感，反正也不是搞什麼私下見不得人的活動，更不是去花天酒地，也就無所謂。

傅盈來這裏並沒有見到魏曉晴，她所擔心的情況並未出現，心情自然也很好。

目前在京城，鑑寶鑑定活動不少。搞得最火紅最大型的就是電視台辦的鑑寶，有四位專家鑑定，還曾一度到全國各地舉行地方鑑寶活動，十分火爆。

魏海洪帶周宣來的這個地方，卻不是官方舉辦的活動，而是民間收藏愛好者們自行舉辦的一個活動會。

民間很多收藏者是新加入者，對古玩實際並不怎麼瞭解，只是愛好。大家都覺得神秘，也抱著能發一大筆財的想法，到處搜羅了古玩一類的物件，因爲本身不懂，也不明白到底哪

個機構才能給他們真正的鑑定。像古玩店和當鋪這些地方，他們又不怎麼相信，因為現在的這些店都是要賺錢的，把價值連城的寶物說成一錢不值的垃圾，一點兒也不奇怪。

這個組織活動其實是一些愛好收藏者在網路上搞的聯繫活動，一開始先聯繫好人員，大家拿了自己的收藏聚到一起，然後主辦者再請到一些專家來免費鑑定，如果有意出手的就出手，願意買的就買。

這個活動一開始便熱了起來，起先是半年一次，後來改為三個月。而現在變成了兩個月一次。地點就在京城蒙西大廈七樓舉行。主辦者是一個網名叫「不差錢」的愛好者。他的真實身分是京城博物館的一名工作人員。但因為年輕，三十歲的年紀，對於古玩來說還只是半桶水之間。

「不差錢」請來的鑑定專家一共有四位，其中兩位是他們博物館的教授，另兩名是京城大學的教授，其名氣雖然比不上電視尋寶的專家組，但對於民間的愛好者來說，那也是足夠了。

四位專家分別是專職專攻單項，各屬一類型，分為陶瓷、書畫、青銅、雜項等四類。

魏海洪是知道周宣有些特殊本事的，尤其在治病和鑑定古玩方面。他也喜歡收藏，所以就把周宣叫過來一起，或許還能在這個場合中撿個漏，就算不撿漏，只要出現了好東西，也是可以買下來的。

這個活動沒有像尋寶節目那般正規，整個七樓是租下來的，活動資金是由專家鑑定後，成功交易的賣家支付的百分之一交易金額，拿這個來支付活動費用。其鑑定專家們是免費的。

周宣和魏海洪、傅盈三個人到場時，偌大的廳中已經聚集了七八十個人。不過活動還沒有正式開始，專家們和「不差錢」也還沒有到場。

周宣三個人就在場中自己找了個位置坐下，來的人他幾乎都不認識。由於專家沒來，主辦人也沒到，大家都有些防衛意識。互相只是極爲簡單地聊一聊，甚至不說話，只是互相點頭示意，各自看緊了自己的手提箱或者包包。

七樓大廳整層面積大約有四百多個平方，是專門舉辦會議的專用場所。周宣剛坐下就接到了李爲打來的電話。這小子，一天不來糾纏就不行，不過，好在冰氣又回來了，又有辦法對付他了。

「宣哥，你在哪兒？我到你家了，伯母說你出去了！」李爲急急地問著。

「我在蒙西大廈七樓，這兒有一個民間鑑寶活動，你知道這地方嗎？」

周宣說了這兒的地址。

這問題基本上是白問的。李爲只說了一句話：「閉著眼睛就能找到！」隨後就掛了電話。

「這小子！」周宣關了手機，對魏海洪笑道：「是李爲。他這些日子就像一隻蟲一樣吸在我身上了，甩都甩不掉。」

魏海洪笑道：「我聽李叔說了，這拚命三郎好像還挺服你的。在他們家，他就只服他老子和爺爺，但也是當面一套背後一套的，陽奉陰違，對你，他卻是實心實意的，你說是不？」

「這倒也是！」周宣笑了笑，李爲對他確實是畢恭畢敬的，雖然天天纏著他，但卻不煩他，所以他覺得李爲本質是很好的，不像吳建國那種富二代。

對於收藏和鑑定，魏海洪本人是一知半解的，雖有一定的見識，但不算行家。傅盈就更是個行外人了。

周宣也沒有把冰氣異運起來探測大廳中這些人的寶貝藏品，既然是一個民間鑑定活動，那怎麼也得鍛煉一下自己的眼力，別老是依靠冰氣的能力，萬一有朝一日冰氣又消失了怎麼辦？

對於冰氣被晶體吞噬掉的情況，周宣現在還能體會到那種驚險萬分，回想起來還是心有餘悸的。

不過，周宣又在想，那個晶體裏的能量如此龐大，這次雖然是冒了大險，但冰氣丹丸卻也是在晶體中吸收了大量的能量而變得更加精純。如果以後再吸收晶體裏的能量，那自己體內的冰氣能量豈不是也能像冰河大川一樣，取之不盡用之不竭了？

只是，周宣馬上就否決掉了這個想法。太危險了，周宣可再也不願意受這樣的折磨了。

半個小時後，李爲就趕到了。讓周宣萬萬沒想到的是，李爲居然是跟上官明月一起來的！

李爲見到傅盈也是愣了一下，他沒想到，來這樣枯燥的地方，傅盈居然還跟著來了。這幾天的經歷中，李爲知道傅盈並不是時時跟著周宣的，在周宣家的時候，金秀梅也沒說周宣是和傅盈一起走的，所以這次就帶了上官明月一起過來。

不過，一見到魏海洪，李爲就高興起來，魏家這個三叔是他喜歡的人，他不像他老子那麼正經八百，他倆是有共同語言的。

其實算起來，魏海洪也算是一個花花大少，但到底歲數比李爲大多了，花天酒地的年歲也過了，比李爲還是要沉穩得多，在圈子中的地位，魏海洪也肯定比李爲高得多。

李爲在見到傅盈的那一剎那，有些不自然，但這種情緒隨即就消失得無影無蹤，笑嘻嘻地叫道：「三叔，漂亮嫂子，宣哥！」

「沒大沒小的！」魏海洪罵道：「什麼嫂子宣哥的？要叫叔叔，周宣是我的兄弟，你小子叫什麼哥？你管你老子叫哥嗎？看雷哥不拿大耳刮子扇你！」

李為傻了眼，一直以來，他都是這麼叫的，也叫順了口，但現在魏海洪罵他，他也不敢還嘴，是啊，人家魏三叔的兄弟，自己老子也好像是叫周宣為兄弟的吧，怎麼自己就叫了他宣哥的呢？

李為與魏海洪在爭執著，周宣有點不知如何插話。另一邊，傅盈卻是和上官明月對望了起來！

第一一八章

欲擒故縱

上官明月對周宣並不是愛戀，但一個像她這麼漂亮，
如眾星捧月一般的公主，哪個男人對她不是一見傾心呢？
卻偏偏周宣從一開始就對她冷冷淡淡的，
上官明月最開始還以為周宣是欲擒故縱，在裝樣子。

這兩個驚人美麗的女子第一次見面。但二人一見面便警覺了起來，尤其是傅盈，倆人互相打量了一陣，隨即都瞧向了周宣。

周宣心裏一打顫，本來確實沒有什麼，但倆人的眼光燒得滋滋響，一轉眼間什麼人都不看，卻看向了他，這就麻煩了。

從傅盈眼裏，周宣立刻瞧見了一絲疑惑，而上官明月除了對傅盈驚豔之外，忽然也有些恍然大悟的感覺，原來周宣對她一點都不感興趣，是因爲身邊已經有了一個國寶級的美女，難怪對她不理不睬的！

上官明月有些氣憤，也有些不服氣，抬起頭揚著下巴，驕傲又挑釁地望著傅盈。傅盈咬著唇，俏臉薄怒，忽然伸手拉著周宣的手，回應著上官明月的挑釁。

周宣狼狽不堪，他跟上官明月確實沒有什麼，但就怕越描越黑，這個場景，任誰都會懷疑周宣跟上官明月有什麼關係。

李爲這小子現在居然不說話了。周宣心裏直咬牙，但嘴上卻不得不開口說道：「盈盈，這位是李爲的朋友，上官明月小姐。」

這句話就很籠統了。傅盈「哦」了一聲，隨即淡淡道：

「原來是李爲的女朋友啊，李爲，你可真能幹啊，找了個這麼漂亮的女朋友！」

李爲很是尷尬地笑著，這個場面，他解釋也不是，不解釋也不是。解釋了，顯然對周宣不好，但不解釋的話，搞不好上官明月就要生氣。不過，按他本人的意思，當然不希望解釋。

果不其然，上官明月哼了哼道：「我不是李爲的女朋友。」末了又加了一句，「普通朋友都算不上！」

李爲只是苦笑，上官明月這話對他來說，已經是很禮貌了。剛剛來之前，上官明月正好給他打了個電話，詢問周宣的行蹤。李爲也想找周宣，又想見上官明月，所以乾脆就在知道周宣的去向後，把上官明月一起叫來了。但沒想到的是，傅盈會跟周宣在一起。

這一碰頭，顯然出問題了。

要是別人對李爲說這樣的話，李爲還不火冒三丈？本來在他們的圈子中，他就是出名的拼命三郎，家庭位高權重，哪個不給他面子？

上官明月其實是知道李爲的個性，他不像吳建國那種人，李爲或許對別人會生氣，但對她卻不會。不過，上官明月也確實不是李爲的女朋友，但她在傅盈面前以挑釁的口氣說出這句話來，那意思就大不相同了，在傅盈聽起來，那絕對是赤裸裸的挑釁。

以上官明月的身分和地位以及人的美貌，當然不會這麼輕易就對周宣產生了什麼不可割捨的愛情，只是以她驕傲的心態，當然不容許別人對她有任何輕慢，尤其對方也是一個驚人美貌的女孩子！

「哦，你不是李爲的女朋友啊，那不好意思，我還以爲是呢。」傅盈雖然生氣，但面子上卻是毫不示弱，又說道：「上官小姐，很高興認識你。」

兩個女孩子激得起火花的眼光視線終於錯開了。

上官明月對周宣微微笑道：

「周先生，傅小姐好漂亮，是你的女朋友？」

周宣還沒有回答，傅盈自己便淡淡道：

「我不是周宣的女朋友！」

周宣、李爲、魏海洪都是呆了呆，以爲傅盈真生氣了，但傅盈接下來又說道：

「我不是周宣的女朋友，我是他未婚妻，二月十八是我們結婚的日子，如果上官小姐有空，到時請你來喝我們的喜酒。」

上官明月才是真的怔了怔！沒料到周宣和傅盈不僅僅是未婚夫妻，而且連結婚日子都定好了！

周宣也有些詫異，二月十八這個日子是誰定的？他怎麼不知道？難道是傅盈剛剛忌妒了說出來的賭話？

「那恭喜你們了！」上官明月怔了怔，隨即又說道，「到時候我一定來。」

上官明月的話明顯有些淡淡的失落，不過卻不明顯，但傅盈卻是感覺到了。女孩子的虛榮心終於得到了滿足。

的確是，上官明月對周宣並不是愛戀。但一個像她這麼漂亮，這麼高高在上如眾星捧月一般的公主，哪個男人對她不是一見傾心呢？卻偏偏周宣從一開始就對她冷冷淡淡的，上官明月最開始還以爲周宣是欲擒故縱，在裝樣子。

但到後來卻越來越見周宣的深沉，對她也不像是裝的，反而越來越對周宣有了好感，也越來越想弄懂周宣。

直到今天見到了傅盈，上官明月才猛然發覺，她第一次有了一種征服未遂的失落感。就這麼一個普通又神奇的男子，竟然身上聚集了那麼多深不可測的能量和吸引力，以至於讓她這個從不對男人動心的女孩子，也有了一探究竟的欲望和心思，這簡直就是不可思議！

這個人讓自己感到震撼，又讓自己體驗到了從未體驗過的不自信，這對於一向傲視的上官明月來講，實在是太突然了。

天底下的人，無非圖名圖利貪色。而在她上官明月身上，名，利，色 幾乎都高度集合了，如果能娶到她的話，那這個男人就什麼都可以擁有了，但周宣仍然對她不屑一顧。之前，上官明月反覆在揣測，這個周宣到底喜歡什麼樣的女人呢？

直到現在，上官明月才有些明白了。傅盈身上所顯露的氣質，美貌，無一樣比她弱，甚至在某些方面比她更勝一籌！

尷尬，極度尷尬的場面！

就在這個時候，李爲瞧到了從入口處很張揚地走進來的吳建國！

這傢伙居然也來了？

吳建國其實是安排了眼線，一直在盯著上官明月行蹤的。上官明月一出門，他便得到了消息，趕緊帶了人跟過來。

吳建國的囂張，當然是有他囂張的本錢的。他得到消息說，她一個人後來跟李爲見了面，現在兩個人一起到了民間鑑寶現場，周圍沒有什麼可疑人等，便就匆忙帶了人緊跟而來。

不過，吳建國進了大廳裏後，眼光卻一下子掃到了周宣和魏海洪，當即愣了一下！

見到周宣，他倒是沒什麼，他本來就想找周宣的麻煩。這陣子叫人查了一下周宣的背景，不過是一個從鄉下來的普通農村家庭，沒有任何後臺，可能是發了筆大財吧，所以在北京落了戶。

他這就放心了。這樣的人，哪有不收拾的道理？立馬就開始尋思找他的麻煩，這樣的仇不報，吳建國哪裡能咽得下這口氣？

但現在，竟然瞧見了魏海洪正跟周宣親熱地坐在一起，讓吳建國詫異不已！

魏海洪他哪能不認識？若說跟李為鬥一鬥，那倒沒什麼，老一輩也只當是他們小兒女的鬥氣，只要沒惹出大事也就不管，但魏海洪，吳建國可就不敢輕易跟他動手腳了。

魏海洪輩分比他要大，年紀也大得多，雖然不在同一個地盤，但在他們這個圈子中，魏海洪的能力可比他們這些小毛頭要強太多了！

「三叔，您怎麼也來了？」

吳建國愣了一下，隨即堆著笑臉走過來打招呼。

「哦，我喜歡收藏，過來隨便瞧瞧。」魏海洪跟吳建國是沒有交往的，而且吳家跟他們魏家一向也不大合得來。

圈子中經常有這一幫那一幫的派系，這在哪個地方都免不了，不過在外邊碰了面，也總是客客氣氣地打聲招呼。

魏海洪跟李為家的關係就不同了，所以會不客氣地罵他，但對吳建國，就算有很大的氣，他也不會當面說出來。像他們這種家庭，一個小小的舉動，有時都會惹出一場大是非。

吳建國又瞧到傅盈，臉上的表情又是一呆！

在第一次見到上官明月的時候，他便驚為天人，心裏便有一種不弄到手絕不甘休的意思，但現在，他竟然見到了比上官明月還要新鮮的絕色，又是驚又是喜，左瞧瞧右瞧瞧的，恨不得一手摟在懷裏溫存！

周宣瞧著吳建國的眼神，便知道這小子心裏不安好心，要是沒有傅盈和上官明月在場，他一定要把他的褲子弄掉，讓他當眾出糗！

不過，也不能就這麼放過他，誰讓他這麼放肆瞄著傅盈呢？當下，周宣不動聲色地運起冰氣，把吳建國一雙皮鞋的底子和面子連接處轉化成黃金吸收掉了。

吳建國因爲是站著沒有走動，所以也感覺不到，而魏海洪對他也沒怎麼在意。現在，專家們差不多都到了，大家都坐上了鑑定台，魏海洪就招呼著周宣幾個人到前面一點。

吳建國也跟著過去了，只是一抬腳就「哎喲」了一聲！一雙腳拖著腳面上一層皮革，腳下的鞋底卻落在了後邊，而露出來的一雙腳上，兩隻腳的大腳趾頭處，襪子上破了一個大洞，腳趾頭也露了出來。

在聽到吳建國「哎喲」一聲叫時，大部分人都把頭轉過去瞧著他。吳建國當即省悟，趕緊把嘴緊緊閉住。但周宣他們幾個人卻已經轉過頭盯著他看了。

魏海洪不禁啞然失笑，李爲卻是哈哈大笑，有吳建國出這種糗的時候，他哪裡還會客氣！

上官明月卻是忍俊不禁，閉著嘴唇；只有傅盈心裏明白。瞧吳建國一身名牌，絕不可能穿一雙破鞋子破襪子來吧？肯定是周宣動的手腳。

傅盈雖然不認識吳建國，可是她知道，周宣的性格並不狠辣，如果不是把他得罪得很嚴重的人，或者讓他極度痛恨，他絕對是不會做這種手腳的！

吳建國尷尬地站在那兒，手腳都不知道往哪兒放，臉紅脖子粗的，幾個手下趕緊上前，其中一個脫下鞋子說道：「吳哥，穿我的鞋！」

吳建國一腳把鞋子踢開，惱道：「到樓下買一雙來，再買一雙襪子！」說著，氣呼呼地到邊上坐下來。

魏海洪搖搖頭，笑了笑，又攜了周宣到前邊去。

吳建國盯著周宣的背影，眼睛眯成了一條線。據手下人查到的訊息說，周宣沒有什麼來頭，是從鄉下搬到京城來的，這話在現在看來極不對頭。先是周宣跟李爲在一起，若說李爲不靠譜，在江湖上認識普通老百姓還有可能，但魏海洪就不大可能輕易認識了，而且倆人對周宣這種表情，絕不像一面之交的樣子。

看來這個周宣，是得好好查一查他的底細了。雖然很討厭，但吳建國可不想就此糊裏糊塗地就跟他打。整人嘛，背後施陰手，遠比明裏跟他鬥個你死我活來得有趣得多。

「不差錢」和幾位專家已經各自坐在自己的牌子前，「不差錢」宣布活動開始後，介紹了幾位專家，然後才讓收藏愛好者們各自拿了收藏品讓專家們鑑定。

不過，這幾個專家都只是做一個免費鑑定，卻不能給鑑定證書。好在來這兒的收藏者們

都只是想弄清自己藏品的真實性和真實價值，倒也沒有更高的要求。

有收藏品需要鑑定的，得先在安排的地方登記，然後按順序到前面鑑定，這樣才不會亂。因爲現場來的人至少有一百五十人之多，而這還只是在網路上報名的需要來持寶鑑定的收藏者，更多的收藏愛好者是來參加活動，並不是來鑑定的。

第一個上場鑑定的是一幅畫，樣式古樸，紙張，包軸，顏色都不錯，打開來時顯得十分陳舊。

鑑定古字畫的，是排第二位的李學中教授。周宣離鑑定席的距離約有四米多，那名收藏者把畫打開時，周宣是見到了，但時間不長，也瞧不清楚。

以他的觀察來說，似乎像是古畫，不過他對字畫的知識比較缺乏，仔細看也不一定看得出來什麼，更別說這麼晃眼一下了。

李學中凝神仔細看了一陣，然後才說道：

「你這幅畫，樣式看起來古樸，包軸包漿都做得很古，但事實上，這都是做舊仿古的。再從畫工上說，這畫的筆意不夠圓潤，從細微處看來，手法有現代畫藝的痕跡，說明這只是一件現代工藝品做舊的。」

周宣運起冰氣測了一下，如李學中所說，這確實是近代仿製品，而且就是這幾年的新品。

第二件是一件玉石雕印章，印章長約兩寸，印章面呈四方形，約兩釐米直徑，印章前半端是四方長形柱樣，後半端呈祥雲狀，雲彩尾端連到方形柱上，色呈金黃，這個顏色極像古代皇帝穿的黃袍，金龍呈祥。

鑑定印章的是排第三位的張志森教授，是專門鑑定玉石雜項之類的專家。

對於玉器，周宣是比較熟悉的，但他見過玩過的絕大多數是翡翠。這個印章顯然不是翡翠，翡翠的顏色不會通體呈黃，以前是沒見過的，用冰氣一測，當即知道這是田黃玉。

黃玉印章的質地顯然有假，因爲冰氣測得，印章表面還有硫酸浸留在裏面，分子極小極弱，但這跟做假翡翠的手法很接近。

翡翠做假的手法，周宣可是明白得很，對付初玩玉的人，用玻璃仿製品就可以了。市場上仿翡翠最普遍的質材就是玻璃，如一些小玉環、雞心、玉牌、菩薩像等等。不過玻璃製品也最容易辨認。

玻璃製品因爲是澆模而成，燒製時，高溫的玻璃液在器物的邊沿多少會溢出一點，冷卻後成爲隱隱凸起的範線。用手摸、眼看都會有所發現。如果拿放大鏡映光觀察，其中一定有大大小小的氣泡。

對付有一定藏齡和研究的玩家們，玻璃製品的仿玉件便不夠用了。赝品高手們便會用「穿衣澆色」等等手法來做假。

在賣場中的絕大部分劣質玉，都是通過強酸浸泡透色，翡翠和玉如果被強酸浸泡，會變得很軟和質地鬆散，這時把所需要的色素加進去，浸泡的時間一過，玉一冷卻，顏色就定了下來，這種顏色很是鮮豔，也極爲誘人，還輕易不容易被瞧出來。不過，這種顏色一般過一兩年後就會褪色，而且褪色後就無法再恢復，價值也會變得一錢不值。

翡翠的假可以這樣造，而其他種類的玉當然也可以這樣造。

翡翠是剛玉，是玉石中硬度最高的，而其他玉的硬度就低得多了，比玻璃的硬度還得低幾分，用強酸浸泡上色最容易。

這塊田黃石的印章就是用強酸浸泡上色的，顏色雖鮮亮，但做假的人顯然知道這東西不宜長期在手中玩摸，強酸遺留的化學物質對人體可是有害的。

張志森把印章拿在手中仔細瞧著，最後又用鼻子聞了聞，然後皺了皺眉頭，說道：

「這枚印章的質地是田黃石沒錯，但質地並不是上等，甚至連中等都不是，是劣質的硬田石。」

印章的主人是一個三十來歲的中年男人，聽了張志森的話愣道：

「張教授，你有沒有搞錯?我可是花了八萬塊買下來的，這枚田黃印章還請人鑑定過，說是用金裹銀的上品田黃石雕刻的！」

張志森搖搖頭道：「沒錯，這枚印章只是用硬田石浸泡強酸上色而成，顏色雖然鮮豔，但兩年後就會褪色，一旦褪色，就一錢不值，你仔細聞一聞，時間長一點，就會嗅到極微弱的酸味，這是強酸浸入石質裏留下的。」

那男子呆了呆，迅即抓起印章放到鼻端嗅了一會兒，卻是皺了皺眉頭，說道：

「我怎麼聞不到？」

張志森笑了笑，說道：「先生，這些辨識方法通常是要行家高手才很熟悉，一般的初玩者是無法識別的。我先給你們說一說田黃石吧，田黃石產於福州壽山鄉壽山溪兩旁的水稻田下，是壽山石中最好的品種。因爲極其稀少，而現在幾乎已經沒有產量了，所以就更加珍貴，也是印章石中最貴重的品種。」

周宣對國內的玉石知之甚少，所熟的就只是翡翠，這時聽張志森教授說起來，聽得很有興趣，又因爲用冰氣探測了這枚田黃石的真僞，所以知道底細，張志森辨識得一點錯都沒有，顯然確實是知之甚深。

「田黃石從由母礦中分裂出來再埋藏到田間，其間歷經了數百萬年之久，在特殊的環境和特殊條件下，田黃石逐漸地改變了它原來的形態、色彩和質地，出現了其獨具的外觀特徵。歸納起來主要表現在石形、石質、石色、石皮以及蘿蔔紋、紅筋等六個方面。」

張志森笑了笑，又娓娓道來。

「田黃石的珍貴品種有田黃凍石，銀裏金，白田石，金裏銀，雞油黃，掛皮黃，黑皮田

等等，次一些的有楠皮紅田，溪管田，最差的如硬田石，像剛剛你所說的金裹銀，那是田黃石中的上品，似羊脂油塊，外表色著一層鮮嫩黃皮，皮與肉形成鮮明的色彩反差，與你這印章差之甚遠。」

那人猶是不信，問道：「除了你說的強酸浸泡做假，那還有什麼辦法做假？」

「田黃石做假的方法有幾種，第一是用色澤接近田黃石，肌理似有蘿蔔紋的石材，把它打磨成卵石狀，並用硬器點鑿或放進硬砂中翻滾，然後沾上土或著色，再放到高溫中蒸煮，使其顏色外形與無皮的田黃石相似，這種假田黃乍看之下，極似真品，但仔細觀察，其外表鑿痕密佈，始終不自然，只要透過外表悉察肌理，便知道是假貨。

第二種是假造石皮，用顏料塗染，用藥水高壓加溫，再磨製，你這枚田黃印章就是用這種方法所製而成，要識別，其實是有很多種方法的，浸泡過的石質皮鬆又脆，顆粒粗大，渾濁不透，乾結如疤，難以受刀，雕刻時也只能刻製粗線條景物，不能精雕細刻。」

那中年人聽了張志森的介紹解說，對手中印章又摸又瞧，最後終於是臉色沮喪，垂著頭走了。

周宣倒是覺得聽張志森說了這麼多，還真學了不少，結合自己的冰氣，更能明白他話中的含義。

接下來又鑑定了幾件，全都是不值什麼錢的東西。

周宣心裏嘆息著，果然民間的物品還是比不上那些專業收藏家，基本的辨識方法都達不到水準。

傅盈在周宣身邊坐著，時不時跟上官明月互相對碰一下視線，倆人總是有深深的防備心理。李爲卻是聽得瞧得頭昏昏的，他對收藏類可是半點興趣也沒有。

魏海洪是喜歡收藏好的有價值的東西，但對這些東西並沒有深入的研究，只能算半個行內人，以他這種身分，對普通的物件也看不上眼。看了鑑定的這麼多件東西，都沒有一樣是入得了眼的，也有些倦意，像打瞌睡一般。

鑑定到差不多三個小時了，再上來的是兩個男子抬上來的一個大長木盒子，木盒子刷了紅色的油漆，看起來很有些年份了。油漆部分有點脫落，盒子長約一米，高和寬都差不多約半尺。

周宣冰氣一測，木盒子裏有兩件瓷器，上面一件是大個兒的，高約七十公分的淨水瓶，模樣就像觀音菩薩手中托著的瓶子，這瓶子外觀光滑漂亮，瓷釉色彩也很漂亮，但周宣冰氣測出來，這件大瓶子的年份是清末的官窯燒製，是真品。

周宣估計這件瓶子的價格大約在三十萬之間吧，按照以往的經驗來說，瓷器的價值那是要比其他古董的價值高一些。

而讓周宣有些奇怪的是，長木盒子下端的格子裏還有一件小瓷瓶，這個才是重點，周宣

探測的結果連他自己都有些吃驚，這件小瓷瓶是一件汝瓷！

一件珍品汝瓷！

這件小瓶是北宋年間的汝瓷。汝瓷始燒於唐朝中期，最盛於北宋，在我國陶瓷中佔有極顯著的地位，由於北宋後期宋金戰亂不休，汝瓷興盛不過一二十年，又因爲汝瓷傳世品稀少，所以尤其珍貴，據統計，目前全世界僅存汝瓷六十五件。

汝瓷的釉就比其他瓷器貴重得多，是用名貴瑪瑙所製成，色澤獨特，有「瑪瑙爲釉古相傳」的說法，隨頭變幻。看釉色，有如雨過天晴雲破處，溫潤古樸。

瓷器表面像蟬翼紋細小開片，有蟹爪芝麻花的稱呼。北宋時，汝瓷器表面常刻「奉華」兩字，京畿大臣蔡京曾刻姓氏「蔡字」以作榮記。

宋、元、明、清以來，宮廷汝瓷用器多爲內庫所藏，幾被視若珍寶，能與商彝周鼎比貴，所以又有「縱有家財萬貫，不如汝瓷一片」的說法。

周宣從汝瓷下方探測到小瓶子底部有「奉華」兩個字，而年份和真僞也確實不假，對於汝瓷，他沒見過也就不知道真實價值，但從書上得知，汝瓷的價值是比當初見過的所有瓷器都還要貴重得多。

同時，周宣又測到，裝這兩件瓶子的木盒子都是三百年的紅木，就這盒子都要值幾萬塊！

等了半天，終於碰到好東西了！

周宣低聲對魏海洪說道：

「洪哥，終於來了一件好東西，就這盒子，也是三百年的紅木啊！」兩個小心抬盒子的男子，把木盒子放到瓷器鑑定師劉洋面前。劉洋教授五十多歲的樣子，一大半頭髮都是白的。

劉洋還沒有打開這盒子，旁邊的張志森就笑道：

「老劉，裏面的東西還沒看到，但這盒子我瞧還是件好東西，真正的紅木，看底部的輪紋，起碼有一百五十年的樹齡，再瞧油漆的色澤和落脫的痕跡，這木盒子的年份起碼有兩百五十年左右！」

劉洋笑道：「未見其物，先工其器，呵呵，瞧瞧裏面的東西！」伸手輕輕把木盒子蓋子打開，瞧著盒子中的大瓶子，眼睛一亮，又將瓶子輕輕地轉了一個圈，盒子中有專門製成的泡沫墊著，碰撞不到瓶子，只將瓶子周身瞧了一遍。

劉洋呵呵笑道：「今天瞧了這麼多，這一件是第一件出彩的珍品了，是清光緒年間的官窯，色澤明亮，瓷紋細膩，是一件精品。」

那兩個男子笑問道：「劉教授，那能值多少錢？」

「瓷器的價值有很多說法，沒有一定。因瓷器的種類，年份，工藝水準的高低，原因有很多種。」劉洋摸著下巴，笑呵呵的道：「不過，就你們這一件，曾有同樣的瓷瓶去年在香港拍賣出過，最後的拍賣價是四十二萬元！」

這個價格和周宣估計的也不算遠，相差不大，不過，周宣感興趣的是盒子底部的那件汝瓷，他知道，那才是這套瓶子最值錢的部分。

兩名男子滿意地笑著說道：「呵呵，謝謝劉教授，瓶子是真的就好，盒子也能值幾萬，比我們想像的還高一些，謝謝！」

劉洋笑笑道：「沒什麼，今天就是免費鑑定嘛，下一位！」

周宣一怔，怎麼就不鑑定盒子下面的汝瓷？

周宣怔了怔，當即站起身來瞧了瞧，看見臺子上的木盒子蓋子打開著，但裏面只瞧見那個大瓶子，而底端那件小汝瓷的格子卻是密封的，表面上根本瞧不出來！

就這麼一瞥，周宣便明白到，這兩個男子，也就是這兩個瓶子的主人，其實並不知道木盒子中還有一個小暗格！

周宣再運起冰氣仔細探測，這個暗格子厚不過十釐米，汝瓷小瓶子是打橫放在暗格子裏的，裏面塞滿了軟布帛，把汝瓷瓶塞得嚴嚴實實的，不論在外邊怎麼搖動那個木盒子，都不會傷到裏面的汝瓷瓶子。

這個暗格子空間太小，周宣測到它被封得很嚴實，木盒子底層也沒有機關，這個汝瓷瓶是封在裏面的，木盒子暗格處的接口處也是黏實的，除非損壞盒子撬開它，否則不可能拿得出來這件小汝瓷瓶子。

兩名男子蓋好盒子，向劉洋道了聲謝，然後把盒子抬到大廳邊上。

周宣向魏海洪笑了笑，說道：「洪哥，咱們過去跟他們談談吧，看看能不能買下來。」

「你要瞧就瞧瞧吧。」魏海洪站起身跟著走過去，笑笑說著：「不過，這玩意兒我不大瞧得起，你要買回去做個大花瓶還是挺好看的。」

周宣左右瞧了瞧，低聲說道：「洪哥，這內裏有玄機，現在不方便說出來！」

魏海洪怔了怔，隨即道：「那就不說吧，過去瞧瞧再說。」

鑑定仍在繼續著，周宣的冰氣現在可以達到整個大廳的距離，冰氣探測了一遍，除了剛剛出現的那件汝瓷外，再就是那件大瓶子，其他的再沒什麼值大錢的物件，有幾件比較普通的玉件，價值也就不過一萬塊。

來到那兩個男子的身邊，也有幾個人跟了過來，他們明顯是想買下那個清末的官窯瓶子。

周宣還沒有說話，其中就有人問了那兩個人。

「老闆，你這個瓶子有沒有出手的意思？」

其中一個年紀稍大幾歲的男子笑呵呵地說道，「倒也不太想要出手，這個意思不好說，不過，只要價錢能讓人滿意，要出手也不是不可以。」

「這個，」剛剛問話的那個人沉吟了一下又問道，「呵呵，這個生意嘛，是靠說的，老闆自己說說看，要什麼價才能出讓？」

這是生意人最常用的一招，通常後發制人才是最好的，人家要不說出來，誰知道他的心理價位是高還是低呢？

瓷瓶主人淡淡笑道：「剛剛劉教授的鑑定可是現場的，你們也都見到了吧。」

劉洋剛剛提到過，在之前有過同樣的瓷瓶，拍賣價是四十二萬，而那已經是去年的價格了，古董這東西，就跟房產一樣，放久了只有越來越升値的。

周宣這邊幾個人沒有上前跟那幾個人一起，聽到瓷瓶主人的回答便知道，這個瓶子要拿到手，並不輕鬆。

但他卻有把握，因爲他知道木盒子暗格裏的汝瓷才是重點，這個大瓶子不過是個表面競爭的假象。知道了底細，他就可以比別人出更高的價，那自然就有把握了。

周宣這時候也估計到，這件汝瓷有可能是做木盒子的主人故意收藏下來的吧，因爲汝瓷的珍貴讓收藏者不敢輕易顯露出來，所以那件大瓶子是主人故意拿來遮掩的。

雖然那個大瓶子是真貨，但卻不是很珍貴，並不足以吸引人來搶奪和偷盜，這也就變相保護了木盒子裏暗藏的汝瓷。

對於劉洋的評估，其他人都是聽到見到的，這件今天活動上唯一一件值錢的東西，還是有人願意把它拍下來。

「十五萬，你願不願意出手？」

第一一九章

宋代汝瓷

傅盈「啊喲」一聲輕輕叫了出來，果然不出她的意料，
暗格裏面，在塞著的軟布中間，
靜靜躺著一支長約十五六釐米的瘦頸大肚的小瓶子。
周宣小心地從布帛裏取出汝瓷瓶子，然後遞給了老吳。

最早開價的那個人試探著說出了這個價錢，當然他也只是試探，明明劉洋都說過了，同樣的瓷瓶在去年都拍了四十二萬，這個價錢，人家多半是不會出手的，除非像那些偷來搶來的急需出手，那又不同了。

瓷瓶主人年長的那個淡淡笑了笑，沒說話。小幾歲的那個哼了哼，說：

「真好笑，你傻也不能把別人當傻子吧？十五萬的三倍都不想理你。」

到底是年輕的氣盛一些，想說的話不經過濾就說了出來。

那個出價的人頓時訕訕一笑，十五萬的價位確實不高，但他也不是一個資深的收藏者，荷包並不充足，手裏只有個三四十萬的流動資金，跑個小生意，賺個中間錢還可以。

這個清末官窯如果能在四十萬以內的價格拿回去，也能賺個幾萬塊，但如果能在十幾二十萬拿下的話，那賺頭就還是很可觀的。

不過，瓷瓶的年輕主人直接把話說穿了，看來，想在四十萬以下的價錢拿下來是不可能的了。但如果過了四十萬，也就沒有利潤價值了，所以出價的那個人也閉了嘴。

另外幾個人差不多都是同樣的想法，民間活動，又能有幾個真正有錢的收藏家參加呢。不管是買家還是賣家，都還是民間的普通收藏，沒有什麼真正有分量有底子的。這種地方，家底厚的，有珍品的，也都不會輕易到這裏來。

常言道，真金不現白，有寶不露形，拿出來炫耀的，那也不是什麼寶貝了。這在古時候，是最容易引來殺身之禍的。人無罪，懷璧其罪！

周宣也瞧出，這些人不過是想撿漏撿便宜，但人家給專家鑑定過了，哪裡會給他們撿這個便宜？不過，這對他來說倒是好事，至少這裏沒有能跟他競爭的對手。

「我出五十萬，老闆有沒有意思賣給我？」看到沒有人再準備出價的時候，周宣忽然開口問道。

五十萬的價格，一下子就把瓷瓶的主人和幾個想撿便宜的買家都震倒了。

愣了愣之後，那位年紀大一點的男子才說道：

「五十萬？」

雖然心裏有些激動，因爲這個價錢已經遠超過他們來時自己的預測，不過對有點心機的人來說，多做一下沉默是有好處的，最不濟，最後答應他這個價錢也沒問題。

另外那個年輕的男人子卻是忍不住喜道：「五十萬啊？大哥！」轉頭瞧向了那個年長幾歲的男子。

這個喚做大哥的沒說話，卻有另一個女子聲音清脆地說道：

「我出六十萬！」

這一下不僅瓷瓶主人兄弟兩個都驚住了，旁邊其他人也都驚呆了。

開這個價錢的人是上官明月！

別人不知道上官明月的用意，周宣卻十分明白。還有李爲也清楚，從那天在地下拍賣場她出手搶了周宣那個金包水時，他就清楚，上官明月純粹就是跟周宣鬥氣，難道現在，她又要花高價把瓷瓶買到手中然後再送給周宣？

李爲是這樣想的，但周宣可就心裏直打鼓了。上官明月要再來這麼一手，傅盈可就在身邊呢，本來倆人這一見面就像鬥雞似的，互瞧不順眼，要是上官明月再這麼搗亂一下，那自己真是跳進黃河也難洗清了。

上官明月一出價，別人驚訝，周宣也緊緊閉了嘴，不再出聲。其他人還以爲上官明月也是喜歡古董收藏的。

魏海洪對這件瓷器並不是很感興趣，但周宣說了，內有玄機，那他就看著。但上官明月出價搶了先，而周宣並不還價，魏海洪心裏就有些奇怪了。

那個年長點的男子瞧了瞧周宣，見他並不出聲，不再加價，激動之餘也就不再等待，對上官明月道：「小姐，你好，六十萬成交了！」

上官明月見周宣出價買瓷瓶，分明是想要的意思，剛剛又跟傅盈鬧了個沒趣，心裏正不得勁，這時候不跟周宣爭奪一下心裏不爽快，所以想也不想就添了十萬塊，結果周宣卻沒有再出價加價，讓她覺得很沒意思。

瓷瓶主人跟她說成交了，上官明月出了價自然不能反悔，順手做了一個很動人的姿勢。

也許她自己並沒有那樣想，但她不經意的動作就自然的美麗動人。

「那好，你是要現金還是銀行轉賬？不過，都需要到銀行去一下。如果你不擔心，我可以開支票給你們！」

「我們收現金！」那兩兄弟當然不收支票，跟上官明月又不熟，自然是到銀行直接收現金為最佳選擇。

「等一等！」周宣見這兩兄弟就要跟上官明月一起到銀行去，趕緊出聲叫著：「有件事跟你們商量一下，可以不？」

那兩兄弟詫異地轉身，年紀大的那個問道：「你還有什麼事？這瓷瓶我們可是已經答應賣給這位小姐了！」

如果還想著這個瓶子的話，那應該在之前說出來，那樣他們也好說，能多賺錢自然是想，但現在已經答應了人家，這點信用還是要講的，否則搞不好，這個漂亮女子也不要了，那就不划算了，因為這個價錢他們很清楚，絕不便宜了。

「不是瓶子的事。」周宣擺擺手，然後指著他抱著的紅漆木盒子說道：

「我是說你們這個盒子。這盒子是老紅木的，你們只是把瓶子賣了吧？盒子又沒賣，我想把你們這個盒子買下來，拿回去做收藏，我給五萬塊，你們賣不賣？」

兩兄弟都是怔了怔，上官明月也是皺了皺眉，本來只要是周宣想要的，她都想爭奪下

來，但這個木盒子又陳舊又落漆，就算是老年份的紅木吧，買回去也不能做別的用途，不像那個瓶子，又大又漂亮，擺在家裏也很美觀，猶豫了一下，倒是沒有再開口。

看到上官明月沉默不語，周宣終於鬆了一口氣。

於是，這筆交易就這麼成了。上官明月六十萬拿走大瓷瓶，周宣把裝瓷瓶的紅木盒子買下來。誰都沒想到，這個裝瓷瓶的老紅木盒子，竟然也被周宣叫出了五萬塊錢的高價，兩兄弟不禁欣喜若狂。

傅盈皮包裏就有現金，甚至連銀行也不用去，直接就取了出來，付給那兩兄弟。於是，那兩兄弟把木盒子打開，小心地把大瓷瓶取出來，弟弟乾脆脫了衣服將瓶子包住，緊緊抱在懷中，隨著上官明月出了大廳。

周宣笑了笑，把木盒子掂在手裏，重量最多也就五公斤左右，幾乎是紅木盒子的重量，暗格裏的汝瓷應該沒有什麼重量。

往大廳外走的時候，周宣注意到角落邊吳建國那幾個人也跟了出來，不過，周宣瞧著他們幾個人好像不是要跟著他的意思。

魏海洪就問道：「兄弟，不在這兒再瞧瞧了？還沒見到好東西吶！」

周宣笑笑搖頭，說道：「洪哥，先回去吧，要瞧好東西，跟我回去就能瞧到！」

下了樓，李爲開著吉普車跟在魏海洪的車後面。周宣和傅盈坐上了李爲的車。

見到吳建國幾個人的車開出來後，周宣運起冰氣探到他們車裏，吳建國正狠狠道：「去上官明月那兒，要給她點好看！」

周宣毫不客氣地把他們那輛車的兩個後輪又弄得滾落開來，從自己這輛車的照後鏡中，看到吳建國鑽出車破口大罵：

「不知道觸了什麼霉頭，幾次車輪胎都自動脫落掉！」

在半路上，周宣想了想，又給魏海洪打了個電話，讓他的司機直接開車去潘家園，到他們的古玩店裏，不回宏城花園了。

到了潘家園，兩輛車都停在外邊的停車場，幾個人一齊回到了周張古玩店。

老吳和張健都在，見周宣帶了一大群人，又抱著個紅木盒子，很是奇怪。

周宣抱著紅木盒了對老吳說道：「吳老，到裡面來一下，我想讓您老看一件東西。」

老吳見周宣說得神秘，按他這個表情，肯定是又淘到了好東西，當即興奮地跟到了裡間。

張健趕緊把魏海洪和李爲請到了裡間，把幾個店員都叫出來到店裏守著，周蒼松就陪著魏海洪的司機在外邊坐著。

在裡間，張健把大燈開了，明晃晃的燈光照得裡間亮堂堂的。

周宣把紅木盒子放到桌子上，再把蓋子打開。

盒子裏空蕩蕩的，什麼東西也沒有。

老吳皺了皺眉頭，然後說道：

「小周老闆，你說的好東西就是這紅木盒子嗎？紅木是紅木，年齡也有兩百年左右，這個價值並不大，充其量能值兩萬塊，並沒有什麼特別啊！」

這個問題其實也是傅盈、魏海洪和李爲都想問的，但在路上，周宣一直沒有說，他不說，大家也就只能等了。

周宣向張健笑笑道：「老大，幫我找一把扁口的螺絲刀來！」

老吳一怔，隨即省悟道：「小周老闆，你是說……有暗格？」

周宣笑而不答，拿了張健遞過來的螺絲刀，把刀扁口往紅木盒子底部暗格處的縫隙上插去，因爲有冰氣測過，也不會弄錯地方。而現在，周宣正用冰氣探測著裏面的汝瓷，以免螺絲刀口傷到它。

用力在縫隙上撬動了幾下，縫隙大了些，然後用力一撬，上面一塊面板一下子就給撬了出來。

這塊面板寬半尺，高約八九釐米，厚只有一釐米。但所有人的視線都沒放在這塊小小的面板上，而是盯在了這個暗格裏面。

傅盈「啊喲」一聲輕輕叫了出來，果然不出她的意料，暗格裏面，在塞著的軟布中間，靜靜躺著一支長約十五六釐米的瘦頸大肚的小瓶子。

其他人對瓷器不懂，在場的人，除了周宣知道這是汝瓷外，就只有老吳懂這個了，他先是呆了一下，心裏只是懷疑，接著，手都有些發顫了。

周宣小心地從布帛裏取出汝瓷瓶子，然後遞給了老吳。

老吳接過後，雙手捧在手中，越瞧手越是顫抖，這個動作讓張健很詫異，在之前，就算是周宣那顆夜明珠和二十六顆祖母綠，老吳也沒露出這個樣子來！

感覺到不尋常，其他幾個人也都沒說話，屏住呼吸瞧著老吳手中的小瓶子。

傅盈是知道周宣的能力的，所以探測到木盒子裏有東西也不會感覺到意外，而魏海洪就很吃驚了，雖然他對瓷器也不大懂，但這個小瓶子的樣子色彩都很誘人，瞧起來很賞心悅目，再說，又給人藏得這麼嚴實，估計應該也是個寶貝，至少是比剛開始見到的盒子中那個大瓶子值錢了。

老吳翻來覆去瞧了又瞧，越瞧越是激動，然後問周宣：

「小周老闆，這東西你是在哪兒弄回來的？你可真是越來越讓我吃驚了！」

周宣笑笑道：「是洪哥叫我去參加一個民間組織的鑑寶活動，現場人很多，物件也多，但沒有什麼好東西，只有一件清末的官窯瓷瓶值個幾十萬，那個瓶子就放在這個紅木盒子裏。我瞧這盒子是老紅木，那瓶子卻並不特別貴重，就覺得奇怪，本來是想連盒帶瓶一起買下來，但那瓶子被別人買走了，於是我只買下了這個盒子。當時我就有些懷疑，因爲這個盒子另外三面都是單層，唯獨底部卻多了七八公分的厚度，這根本就不合情理。」

這個道理還說得通，傳盈心裏想著。

老吳也是點了點頭，然後又問道：

「那小周老闆，你可知道現在弄開來，這個瓶子是什麼東西嗎？」

周宣笑了笑，淡淡道：「吳老，有點像汝瓷的樣子，您瞧是不是呢？」

老吳手又是一顫，喃喃念了幾聲：「汝瓷，汝瓷……」

魏海洪怔了怔，問道：「汝瓷？」

「是的，這就是一件汝瓷！」老吳聲音裏少見的充滿了激動，「你們瞧瞧，這瓷瓶細潤光滑，外形瞧起來就像一塊翡翠，但又明知不是翡翠，釉色似瑪瑙，瓶面上的細紋路如蟬翼，再瞧瓶底下，還有『奉華』兩個字，這是北宋汝瓷真品，是……是無價之寶啊！」

「無價之寶？」李爲嘿嘿笑道：「就這麼個小瓶兒？說是無價之寶，但我看，所謂的無價之寶到最後都還是賣了有價的數字，說說吧，這瓶能值多少錢？」

「錢？」老吳哼哼道：「你小子就知道錢，我告訴你們吧，今天三月，在倫敦的拍賣所，一件只有八釐米高的北宋汝瓷，最終拍賣價是一千七百八十五萬英鎊，而這一件，起碼比那個拍賣的汝瓷還要高一倍，汝瓷的珍貴，不是你們能想像得到的！」

李爲赧然道：「一千七百八十五萬英鎊？好傢伙，差不多快兩個億了，值這麼多錢？」

老吳搖搖頭，嘆道：「兩個億？這件汝瓷至少要四個億！小夥子，你知道不知道，就像這樣的瓷瓶子，一塊碎片都能值上百萬的價錢！」

李爲雖然是個官二代、花花公子，但聽到說這樣一塊碎片都能值過百萬的錢，不禁驚訝得張口結舌！

他當然知道古董值錢，越完好的古董越值錢，這個道理他是明白的，再值錢的古董，如果只有一塊碎片，那應該是值不了什麼錢的，可沒聽說過一塊碎片就能值百萬的！

「汝瓷最鼎盛時期是在北宋，從宋徽宗崇寧五年，上溯到哲宗元祐元年，這個年間是汝瓷的最高峰，當時的北宋皇室，不惜工本，命令汝州造青瓷，當時造瓷的還有定州，但定州白瓷有芒，皇室認爲不堪用，所以就定在汝州製造，汝瓷也因此被定爲皇室御用品，自此被稱爲官瓷！」

老吳一邊愛不釋手地瞧著手中的汝瓷瓶子，一邊又解說著汝瓷的歷史。

「中國自古就是以陶瓷工藝聞名於世，英語中的china，原意就是瓷器。而我國的瓷器就以宋代的汝瓷爲首，汝州官瓷僅僅只有短短二十年的時間，因爲是御用品，不得流傳民間，又因爲是用瑪瑙作釉色，在特定的光線下七彩紛呈，燦若星辰，被認爲陽剛之氣太盛，帝王公卿甚至都不敢用它陪葬，所以，在挖掘出來的古墓中都極少見，這就更使得它成爲稀世之珍。到現在，全世界的汝瓷存世品不到七十件，因此，即使是一塊碎片，那也能值無可想像的大筆財富，所以又有『縱有家財萬貫，不如有汝瓷一片』的說法！」

眾人都聽得神乎其神的，包括周宣。周宣雖然知道這是汝瓷，也知道汝瓷價值很高，但卻不知道能高到這種驚人的地步。

老吳又說道：「對於瓷器來說，汝窯自古就有『天下第一瓷』的稱號，對於汝瓷，我只在十幾年前在河南見到過一塊汝瓷的碎片，除了故宮博物館有十七件，上海博物館有八件外，在我國境內，還不曾再出現一件。作爲瓷器的故鄉和發源地，一共就只有二十五件存世品，你們說汝瓷珍貴不珍貴？」

「一塊碎片就那麼值錢。我看不如……」李爲笑呵呵地說，「不如把這汝瓷瓶砸個稀巴爛，碎片越多越好，一片賣一百萬，砸個幾百片，那得賣多少錢啊？」

「你……」老吳氣不打一處來，這小子說話就沒有一句是讓人高興的。

停了停，老吳又說道：「小周老闆，這個汝瓷瓶可是國寶，你想要怎麼處理？」

說實話，周宣對國家的一些限制並不明白，因爲從踏入這個行業中以來，他並沒有面對過受限制以上級別的古玩，也不知道到底哪一類的才算是受限制的。

李爲是不懂，亂說瞎說也只是說說而已，卻不會離譜得真要胡亂動手。

魏海洪頭腦比較清醒，想了想說道：

「這件汝瓷暫時先保存好，我再問一問，看看以什麼方法來賣出去。不過，賣到國外是不行的。」

周宣點點頭道：「沒關係，洪哥，這件東西你也知道，我沒花什麼錢，價錢低一些也沒關係，違規的事儘量避免！」

事情就這麼決定下了。

接下來一個多星期中，周宣沒什麼事。當然，如果他要親自去做的話，那事就多了。古玩店這邊不說，解石廠和現在改名的周氏珠寶，事情就多得很了。不過，現在公司走上了正軌，財務有周濤和李麗管理，基本上沒什麼他需要操心的。

而且，許俊成也真的很負責，荷包裏充足了，新公司經營得十分紅火，幾家想吞併的對手也無從下手，他們還沒摸清許俊成新後臺的實力，所以也不急著出手。

而最關鍵的是，現在的周氏珠寶不缺錢了，貨源又多，特別是新出的一些特級翡翠物件，反倒是把老對手們打了個措手不及！

解石廠那邊是由趙老二負責，老陳師傅召集的師傅一共有七名。每天幾乎都在加班，周宣拉回來的毛料，出乎意料的每塊裏面都有料，按這個產量做下去，就這一批就夠他們幹半

年了。

周宣倒是閒了下來，可以跟傅盈好好逛街購物，置辦些結婚用品。

二月十八的婚期，周宣私下裏問了傅盈，還真不是假的，是老娘金秀梅請人看了挑選的。當時師傅選了四個日期，金秀梅直接挑了最近的一個，她心急，免得夜長夢多，早結早生子。

入冬的第一場雪終於到了！

今天，周宣起得很早。街上到處都是積雪。李爲在十點鐘的時候準時到了。

這段時間，他每天準時在十點左右到周宣家來，像一個免費的保鏢一般，周宣笑罵他是來蹭飯的。

李爲臉皮厚，毫不以爲意，笑嘻嘻回答：

「蹭就蹭吧，不過，我今天可不是來蹭飯的，因爲今年的第一次大雪，我有了安排，宣哥，漂亮嫂子，跟我走吧。」

「哼！」傅盈在旁邊哼了哼，上次的民間收藏活動，就是這傢伙帶了個上官明月來，這事雖然過去了，但她心頭一直有股陰影存在，今天一聽李爲說又要帶他們出去搞什麼活動，傅盈當即就想起之前的事來，哼了哼說道：

「你別那麼嘴甜了，是不是又帶了個漂亮女孩子來給你宣哥認識？」

周宣和李爲兩人霎時都紅了臉，尷尬起來。

李爲訕訕一笑，趕緊先開口否認道：

「沒那回事，漂亮嫂子，你想想，要是有那些事，我能把你也叫上一起去嗎？」

「哦！」傅盈淡淡道：「那以後你們兩個單獨出去不叫上我的時候，我就要注意了！」

李爲更是尷尬，本來是想解釋，卻沒想到這句話說得更是有問題，傅盈這樣一說，倒好像是他此地無銀三百兩了，越說越糊塗！

「不是那個意思。絕對不是那個意思！」李爲連連搖著雙手說道：「就算我跟宣哥兩個人出去，也絕不會有這種事，宣哥可是個正經人，對漂亮嫂子絕對是無二心的！」

傅盈慢條斯理地說道：「宣哥是正經人，那你就不是正經人了吧？沒聽說過嗎，近朱者赤，近墨者黑，跟著你，我怕他就學壞了呢，現在他對我是無二心，要是有一天你帶了個比我更漂亮的，就不知道他會不會有二心，甚至是三心了！」

李爲對別人可以胡說八道，但對傅盈可就不敢亂說了，以他對周宣的態度，對傅盈可算是極爲恭敬了，傅盈如嗔如嘲的語氣，他也不敢亂頂，怕給周宣惹來麻煩，真的有麻煩的話，那最後一定會怪在他頭上。

傅盈說歸說，笑歸笑，出去當然還要出去，先回房去換了套衣服，背了個包包便笑吟吟

地出來。

別墅外面的路口上，停著一輛八人座的白色麵包車，車窗玻璃是茶色的，裏面用窗簾遮住了，在車外面等候著的卻是老爺子的警衛。

周宣有些奇怪，那警衛看到周宣和傅盈幾個人出來，趕緊把車門拉開，接著，周宣看到了笑容滿面的老爺子和老李兩個人。

上了車後，周宣又瞧見坐在前排駕駛副座的是魏海洪，當下跟傅盈兩個坐到了後排，李爲則老老實實地跟他爺爺坐在了一起。

第一二〇章

頂級望月鱔

紀曉嵐悶悶不樂回到府上，
偶然翻看一本民間醫書，說江南鄉下有一種怪鱔，
蟄伏於田間，每至中秋月圓便抬頭望月，
直至月落，因此得名「」望月鱔。
此鱔雖少，萬中有一，但卻奇毒無比。

車裏開了空調，溫度如春。

周宣笑道：「兩位老爺子，洪哥，你們這是要到哪兒去，湊得這麼齊！」隨後又對李為道：「李為，你剛剛怎麼不說，老爺子跟洪哥也在？」

李為訕訕地道：「宣哥，忘了，忘了，因為剛剛漂亮嫂子說我，心裏一下子就忘了說這事了！」

老李頓時給了李為頭上狠狠一敲，罵道：

「你這混小子，什麼宣哥嫂子的，沒大沒小，叫叔叔！」

傅盈笑吟吟地接了口：「是啊，老爺子，我跟您說，這小子，老是沒大沒小的瞎說不提，還成天給周宣介紹漂亮女孩子，您說氣人不氣人！」

李為立即投降了，馬上求饒道：「漂亮……」本來想叫嫂子的，但想起老爺子剛剛說的話，硬生生地把這兩個字吞了回去，然後道：

「漂亮……阿姨，您老人家息怒，這明眼人都知道，那不關我事，這會兒我就實話跟您說了吧，那女孩子是我想追的，可不是給宣……叔叔看的，再說了，有您老人家在一起，誰也不會傻到會把女孩子帶到您面前吧？」

「這次就饒過你！」傅盈笑吟吟地說著，她當然明白李為說的是真的，但對他不放心。以後他跟周宣相處的時間還多著呢，現在這樣說了，以後他就不敢做這樣的事，這叫防患於未然。

那警衛就充當司機，開了車後，周宣才又問道：

「老爺子，你們兩位老人家聚在一起，這是要到哪兒去？」

「去老朋友那兒。」老爺子笑呵呵地道：「安心地跟我們走吧，下大雪了，今年的第一次雪景，特地帶你去一個地方。」

周宣笑了笑，沒有再說話，反正是兩位老爺子帶路，無論如何都不用擔心有啥事，跟他們出去，只怕是有好東西吃了。

車子是往郊區開去的，車輪壓在積雪上滋滋直響，車速不快，開了差不多兩個小時，接下來的路，兩邊都是山，看不到一戶人家，極是偏僻。

又開了半個小時，路到了盡頭，雪也是越來越厚，好在路也終了，路盡頭有一棟石頭房子，三進屋，屋左面是大約兩畝大小一塊的魚塘，一共有五塊，右邊也是魚塘，只有兩塊，而且塘裏面沒有水，墊了積雪，看得出來，裏面是乾的。

警衛停車的時候先是按了按喇叭，然後才下車。

等全部人都下了車後，房子裏面急急地出來了兩大一小三個人，兩個大的一男一女，四十歲左右，小孩子是個女孩，才三四歲，在雪地中跑動的身影極是好笑。

跑近了，那個女孩子撲向魏海洪，魏海洪把她一把抱了起來，隨即在空中舉著轉了一圈，又放下來狠狠地在她臉上親了一口。

那女孩子很可愛，卻是皺著眉頭說道：「叔叔的鬍子真討厭！」然後又向老爺子和老李叫道：「魏爺爺，李爺爺！」

李爲笑嘻嘻地道：「小洋洋，怎麼就不叫叔叔我了？」

「李爺爺說了，你做了壞事，不讓我叫你叔叔，我只叫好人叔叔，不叫壞蛋叔叔！」

小女孩的話又天真又好笑，兩個老爺子都笑呵呵的。

後面，小女孩的父母跟來，笑容滿面地道：

「老爺子，洪哥！」

那小女孩又目不轉睛地盯著傅盈，說道：

「姐姐，你是仙女嗎？」

都說童言無忌，小女孩的話讓傅盈心花怒放的，一把將她從魏海洪手中接過來，在她臉上親了一口，說道：「小妹妹，你才是仙女呢，真可愛！」

小女孩的爸爸笑了笑，說道：「老爺子，是進屋坐，還是過去瞧瞧？這個天氣正好，我都準備好了！」

老爺子手一揮，笑呵呵地道：「過去瞧瞧，『望月鱔』這東西你聽說過沒有？」

「望月鱔？」周宣驚詫道：「我小時候曾經在故事書裏看到過這麼一則故事，說是有一種專門在月圓之夜昂頭望月的鱔魚，但是有劇毒，食則七竅流血迅即而斃！」

老爺子笑呵呵地點著頭說：「對了，就是這個東西，今天來帶你看的，就是這個『望月鱔』！」

「真有這樣的東西存在？我一直以爲那不過是傳說中的動物，講故事而已，難道真的有？」

周宣又驚又奇，不過回過頭來想想，在洛陽的天坑裏，不是還見到過更奇怪的「螭」和「屍蟲」嗎？世上的事不知道的多得很，再說，無風不起浪，既然能從故事中流傳開來，那至少有它的源頭吧。

李爲是來過這兒無數次的，但卻沒聽說過有什麼「望月鱔」，摸了摸頭，問道：「爺爺，前幾次來楊叔這兒，怎麼就沒聽說起這望月鱔什麼的？黃鱔魚我見他倒是養得很多！」

老李哼了哼，說道：「什麼事能讓你知道？知道了，你還不來楊智這兒吃到他破產？」

李爲直是哼哼，不服氣地道：「爺爺，這鱔魚我又不是沒吃過，也就幾十塊一斤，市區裡什麼餐館沒有？我還會吃得楊叔破產了？」

「幾十塊那是普通鱔魚，這望月鱔啊，呵呵，」沒等老李說話，魏海洪就先說了起來，

「這望月鱔，一斤可是要賣到八千以上啊，而且，要貨的在楊哥這兒還得提前兩個月訂貨，貨量少的很！」

李爲跟傅盈都是詫異無比，傅盈當然是見過鱔魚的，但這什麼「望月鱔」，她就確實沒見過了。更奇怪的卻是，如果說便宜的土產小吃她不知道還好說，但若說那些頂級的食品，應該不會出現在她的視線之外吧？

楊智此時回屋換了一套齊腰以下都是塑膠製成的捕魚服，這是專門供漁民在水中捕魚時使用的服裝，尤其是冬天更適用，因爲要沾水的。

穿了捕魚服，裏面仍然穿著厚厚的襪子內褲，以保持溫暖。

楊智手裏提了個鐽子，把塘裏邊角上的積雪鐽開了些，弄出了一個一米多見方的位置，然後一鐽一鐽地往下挖。

這個乾塘裏的泥比較好挖，因爲沒水，一鐽子鐽下去，泥土都成塊的鐽在鐽子上，然後拋出去。

而這塊魚塘與其他幾塊魚塘大不一樣，別的塘邊上是泥土坎，而這塊塘的四個邊都是用水泥澆灌的，塘邊與中間的泥土距離也有兩尺高低，大概是防止鱔魚從池塘裏跑出去吧。

看著楊智揮鐽挖泥，楊智的妻子姚琳從李爲手中抱過女兒楊洋，幾個人都瞧著楊智幹活。

周宣一直瞧著終是不好意思，笑問：「楊大哥，還有鏟子沒？我來幫忙！」

「不用！不用！」楊智頭也沒抬地回答道：「你是老爺子帶來的貴客，來了我這兒也一樣是貴客，站著瞧瞧新鮮就好，再說我這也不費事，是技術活，沒經驗的還真不行！」

楊智說得很客氣，不過周宣倒是有些訕訕的意思。

魏海洪拍拍周宣的肩膀，笑笑道：「兄弟，楊哥不是那個意思，他說話直，是個直性子人，告訴你吧，這工作還真是要技術的，一般人是幹不來的。」

笑了笑，魏海洪又說道：「剛剛盈盈也問了，望月鱔是什麼東西，趁楊智哥挖泥的時候，我就來給你們做一個介紹吧，呵呵，先給你們講兩個小故事！」

「第一個故事，大約是大明成化十八年左右的時候吧，有個人死了，鄰居鄉親都懷疑是死者的妻子在飯裏下了毒，後來報了官。知縣姓張，頗有些包青天的作風，從現場觀察的情況以及死者妻子的供詞來看，很有些疑點，在數日之後，張知縣脫去官服，打扮成客商，出城來到河濱漁民住區微服出訪，一連三日，不辭勞苦，走訪十餘家漁民，終於訪得一名年過花甲的老漁翁。

這老漁翁，鬚眉如雪，精神矍鑠，他世代以捕魚爲業，經歷豐富，見聞廣博，其祖父就曾叮囑過他：『望月鱔，不可嘗。』據老漁翁說，這種鱔魚很罕見，喜食死狗、死貓及腐屍

之類，身子較爲粗壯，形狀與一般鱔魚無明顯差異，月半十六圓月皎潔時，往往游出洞穴，昂首望月，不知是什麼原因。老漁翁所說的情狀，與金玉蘭的申述有許多吻合之處，張知縣聽了大爲高興，決心一查到底，爲民昭雪冤案。他回衙之後，立即吩咐差役到市中收購黃鱔，但見黃鱔全部買下，五天之內共購得兩百餘斤。」

李爲也聽得津津有味。姚琳懷中的小楊洋也將眼睛睜得溜圓，害怕地往母親懷裏鑽了鑽，然後問道：「魏叔叔，這個鱔魚會吃小貓小狗啊，那會不會吃小洋洋？」

魏海洪呵呵一笑，搖搖頭說：「洋洋別害怕，叔叔只是在講故事，這個鱔魚只是愛吃動物死掉後的屍體，並沒有這些動物那麼大，很小很小的，跟別的鱔魚一樣大。」

小楊洋這才長長呼了一口氣，稚嫩地又道：

「哦，那還好，這塊塘裏的鱔魚是我爸爸的寶貝，以前爸爸給牠們餵魚吃！」

楊智笑笑道：「寶貝，你才是爸爸的寶貝！」

李爲正聽得有趣，趕緊道：「三叔別打岔了，趕緊說故事吧，挺有趣的。」

魏海洪呵呵一笑，說道：

「張知縣購得鱔魚後，分別飼養於五隻大水缸內，擱在衙門天井中，每晚親自細心觀察。那天，月明星稀，萬籟俱寂。張知縣靜候水缸邊察看，忽見一條黃鱔昂起頭，對著明月左右擺動，彷彿在欣賞月光。張知縣大爲驚喜：這莫非就是所謂的『望月鱔』？立即叫差役將這條鱔魚捉了出來，然後又繼續靜候缸邊，一夜共得三條。

天明後，叮囑廚工將三條『望月鱔』煮成菜肴，香味盈室，與宴會佳餚無異。然後召來吏書、仵作及衙內差役，當眾餵給大黃狗吃。大黃狗聞得暈腥香味，狼吞虎嚥，將滿盤鱔魚一掃而光。初則搖頭擺尾，但片刻後便狂吠不止，伏地而臥，似乎萬分痛苦，再過一會兒，四肢抽搐，口流血水，掙扎片刻即倒地而死。至此，這個案子便大明其白了！」

李為張圓了嘴，過了半晌又顯得意猶未盡，又道：「三叔，你不是說有兩個故事麼，再來一個，再來一個！」

姚琳懷裏的小洋洋惱道：「魏叔叔講故事，你又沒舉手，老是打岔！」

眾人禁不住都笑了起來。

魏海洪摸了摸小洋洋嫩嫩的臉蛋，然後又道：

「第二個故事是說清朝紀曉嵐的事，有一對夫婦，丈夫趙田一日從田間捕得十餘條鱔魚回來，妻子李氏當即宰殺了鱔魚給丈夫做來吃，不料一頓飯沒吃完，丈夫便倒地七竅流血而亡。於是趙田的兄弟姐妹便到官府告狀，說李氏謀殺親夫。

紀曉嵐覺得此案有些蹊蹺，又從左鄰右舍打聽了一下李氏的情況，但旁人都說李氏與趙田夫妻恩愛，李氏賢慧勤快，從不討人閒言閒語的，而李氏本人也是堅持自己是冤枉的，不曾毒殺丈夫。

紀曉嵐悶悶不樂回到府上，偶然翻看一本民間醫書，有段記載引起他的注意。說江南鄉下，有一種怪鱔，蟄伏於田間，每至中秋月圓便抬頭望月，直至月落，因此得名『望月鱔』。此鱔雖少，萬中有一，但卻奇毒無比。看到此處，他掩卷思之良久，茅塞頓開。

第二天即命家人出一告示，向鄉民高價收購鱔魚。鄉民爭相捕捉，月餘便購得黃鱔萬條，放在缸內，置於院中。等到月圓之夜時，果然見到一條鱔豎頭望月，直至月落。但動手捉時，卻鑽入鱔群堆裏面。

紀曉嵐素來聰明過人，當即命人抬來幾個大缸，把鱔魚分散盛放，再到有月亮的夜晚時，看牠在哪個缸中，便將『望月鱔』單獨分離出來，養在家中。

再逢鄉下趕大集的時候，紀曉嵐宣來原告，在集市中公開審理此案，宣布李氏無罪釋放，趙田是誤食毒鱔而中毒死亡。眾人當然不信，因為鄉人經常捕食鱔魚，從未有人中過毒。紀曉嵐當即把『望月鱔』的傳說當眾講了出來，並命人把捉來的『望月鱔』取出一條來，當眾宰殺了餵給一條狗，狗吃過後當場便七竅流血死了，眾人這才相信。自此，紀曉嵐巧斷奇案就傳為美談！」

魏海洪故事講完，但見李為、傅盈、周宣三人都是聽得意猶未盡，尤其是小洋洋，聽完後不捨地問道：「魏叔叔，再講一個故事！」

魏海洪笑呵呵地道：「沒了，洋洋，小孩子要聽兒童故事，這樣的故事就不能多聽了！」

楊洋嘟了嘟嘴，不高興地說：「誰說我是小孩子！」

這一下，連抱著她的姚琳都笑了起來，說道：「這小丫頭，也不知道是哪裡學來的！」

傅盈笑吟吟地伸手道：「楊洋，來，姐姐抱抱！」

楊洋當即伸了手，姚琳奇了，一邊把女兒遞過去，一邊說道：「女兒從來都不讓陌生人抱的，奇怪了！」

楊洋在傅盈懷中時，卻是說了句讓大家都好笑的話來：

「姐姐像仙女一樣，我長大了也要像姐姐這麼漂亮！」

傅盈笑吟吟地道：「楊洋長大了比姐姐還要漂亮！」

李爲捏了捏楊洋的臉蛋，問道：「丫頭，仙女那又是什麼樣？」

楊洋當即給問怔住了，呆了呆後，才指著挖泥的爸爸說道：「爸爸給我講故事的，仙女是故事裏的。」但仙女到底是什麼樣子，她也真的說不上來，因爲畢竟沒有見過真的仙女。

這時，楊智已經把弄開積雪的地方挖了兩尺深左右的坑了，額頭上都是汗水，不過卻是越幹越高興，一點兒也不冷了，嘴裏噴出來的儘是成柱形的白氣。

在把坑底弄平整了些後，楊智指著地面說道：「再下面不到一尺就是水泥底了，從這個

洞來看，這裏有四條望月鱔。」

聽到說望月鱔要出來了，大家也都不說話了，趕緊盯著楊智挖的地方。

這塊塘是楊智花了些功夫弄的，裏裏外外都是用水泥封好的，底子邊緣全是水泥，做好後才往裏塡泥的，這樣望月鱔也就跑不出去了。

楊智的腳底地面有四個洞口，就像土裏面的鼠洞一樣，周宣小時候在自家田裏可是逮過鱔魚的，那洞口是在田裏的水中，可不像是這種乾洞口。

逮鱔魚時，是伸出一隻中指，然後其餘四根手指捲曲著，把中指順著鱔魚洞口往裏捅，這就要講經驗了，憑著中指尖的感覺往洞裏鑽，直到觸到鱔魚。

而鱔魚又細又長，通體溜滑，沒有經驗是拿捏不住的，這得要有經驗的人才行，中指在接觸到鱔魚時，順勢往前使一下勁，用中指逮住鱔魚的腰身，捲曲的餘下四根手指這時就像卡子齒輪一樣卡住鱔魚，這時，無論鱔魚怎麼樣彈動扭動都跑不掉了。

這種抓鱔魚的事，周宣小時候可經常做，跟張健，趙俊傑幾個人一起，放學後打個招呼說「捅黃鱔」去，幾個人就一起到田裏抓黃鱔了。

鱔魚鮮嫩好吃，但體型太小，身上的脊骨刺不好弄，可不像剖魚一樣，從肚子上一刀就行了；又因爲鱔魚身體太滑，得用一塊木板，再用兩根鐵釘將鱔魚頭尾釘在木板上，用小利刀沿著鱔魚脊背上先挨著骨頭劃一刀，然後再從另一邊劃一刀，這樣才可以把骨頭完整地取出來，剩下的就是連著肚皮的鱔肉了。這樣，吃的時候就不會像魚一樣肉裏有刺了。

現在看楊智挖望月鱔，這個洞不像尋常鱔魚洞，洞口大得多，再挖空心思下去的時候，楊智就小心得多了。

鏟子沿著洞邊緩緩切下去，然後把泥土倒在坑外邊的雪地上，眾人再瞧著裏面，鏟印邊上，泥土中洞口印痕很明顯，一條粗大的鱔魚在冰冷的空氣中扭動，不一會兒便凍得有些僵了。

這條鱔魚比一般的鱔魚要大得多，周宣小時候在老家抓的鱔魚，大的一條能有四五兩肉，一般的只有二三兩。現在養殖的鱔魚多了，跟豬一樣，餵飼料長大的鱔魚要比野生的大得多，幾乎每條都能有八九兩一斤左右。

現在這條望月鱔就差不多有一斤的樣子，這個頭，周宣估計比他小時候抓的最大的還要大一倍，跟一條小蛇差不多，不過沒有蛇那麼長，烏黑的背，有斑點，肚子上呈黃色，嘴扁扁的，跟普通鱔魚沒什麼兩樣，但由於聽了魏海洪的故事，李爲跟傅盈都有些害怕。

楊智用一個小網子把望月鱔網了起來，丟在雪地中，望月鱔扭動了一會兒便被凍僵了。

楊智一邊挖一邊笑說：「這東西怕冷，所以洞打得特別深，不過也就是在最冷——通常是第一場大雪的時候，望月鱔才是毒性最大而且味道最美的時候。」

再挖了幾鏟子，又一條望月鱔露了出來，跟剛才的大小差不多，楊智又裝了起來，接下

來在這個坑裏抓了四條，沿著泥土坑壁再往裏去，又捉出來三條。

老爺子笑著直擺手，說道：「楊智，好了好了，夠了，這裏有九條了，要七八萬呢，可別把你吃破產了！」

楊智笑笑道：「哪能呢，這塘裏可是有三百多條呢，這幾條算不了什麼，再說，老爺子來了，就算把這三百多條都吃完，那也是小事，破不了我的產。這種望月鱔我跟京城一家四星酒店簽過約，也只賣四十條，我每年的主要收入，其實是靠剩下那些塘裏的普通鱔魚，每年也能賺上幾十萬，夠了！」

楊智說著，又抓出來兩條，魏海洪不讓他再挖了，他才甘休，出了坑，提著裝了十一條望月鱔的網子回到屋邊。

一行人跟著都回了到屋前，今天的溫度可是零下二十一度，穿得雖多，但仍然很冷。

進了屋後，楊智家裏燒的是煤，用了鋼爐子，火燒得很大，爐面上的鋼板散發著濃烈的熱氣，房間裏的溫度很高，至少有二十五度以上，一下子就覺得暖了起來。

楊智這時候脫了捕魚服，用盆子裝了溫水，把十一條望月鱔裝進溫水裏泡著，然後又拿了一塊長方形的木板出來，不過不像周宣所想的那樣，沒有鐵釘，但在木板上有幾個小洞，洞上面穿了小鐵絲。

李爲瞧著這些工具，忽然想到了一個很嚴重的問題。

「三叔！」李爲轉頭盯著魏海洪問道，「你說帶我們來是吃這個望月鱔的？」

老爺子點點頭道：「這你還得謝謝小周，如果不是小周，我們兩個老傢伙才不帶你來。」

李爲攤攤手道：「那我就搞不懂了，三叔不是說了嗎，這東西可是有劇毒的，吃了就七竅流血而死，我年紀輕輕的，老婆都沒找，我可不想死！」

魏海洪呵呵笑著說：「你當別人都跟你一樣傻啊，我說了半天，當然知道這東西有毒，不過我們吃過一次了，不是好好地在你面前嗎？」

李爲詫道：「既然是劇毒，怎麼吃了沒事？」

姚琳給爐子裡加上煤炭，其他人則圍著楊智看他剖望月鱔。只有老爺子跟老李兩個老人家坐在爐子邊烤著火，笑談著趣事。

周宣尤其好奇，對望月鱔這種奇物充滿了各種想法，傅盈抱著小楊洋在旁邊瞧著，李爲跟警衛站在楊智的另一邊。

楊智把望月鱔抓了一條，這個時候，十一條望月鱔在溫水裏扭來動去的，溫水的溫度已經把凍僵了的望月鱔暖和回來了。

楊智另一隻手又拿了一根手指頭般大的小木棍，伸到扭動著的鱔魚嘴邊，那望月鱔一口

便緊緊咬住小木棍不鬆口。在張嘴的時候，瞧著的幾個人都清楚見到那望月鱔嘴裏上下兩排白森森的細白尖利的牙齒，很是可怕。

周宣也看到了，不過跟普通的鱔魚一樣，都有牙齒，但這個望月鱔給說得那麼可怕，自然就有些提防之意。

楊智再把望月鱔一頭一尾用小鐵絲緊緊拴在木板上，固定好，然後再拿了一把刀刃極薄極利的小刀，用手指按著木板上望月鱔的背部，刀尖從望月鱔頭頸下一寸處輕輕插進，接著往下貼著骨劃拉，這個動作和手法跟周宣剖黃鱔是一樣的。

但楊智下刀的地方卻有些不同，入口處在望月鱔頸下一寸，而周宣向下剖黃鱔是直接在頸口處下刀。接著，楊智又從右邊一刀劃下，剔下了長長的一整根鱔骨，這時候的望月鱔除了尾巴還在動彈外，腦袋已經不動了。

楊智說道：「鱔魚被剖開後，腦袋已經死亡，但身體裏有一條神經還連著尾巴，所以尾巴在死後十來分鐘內都還可以活動，有鱔死尾不死的說法。」

說到這兒，楊智又小心地把鱔魚身子反轉過來，然後把望月鱔體內的一條內臟小心又極緩慢地拉起，到頸部處時，動作就更加小心了，然後又用刀把頸部輕輕剖開，內臟連著的一頭，是一枚極細小不足半公分的小圓蛋，把這枚白色的小圓蛋完好無損地取出來後，楊智才笑著對周宣和魏海洪說道：

「望月鱔的劇毒就在這個白色的小圓蛋裏，跟蛇身體裏的苦膽有些形似，但蛇膽是無毒的，而這望月鱔的膽就是劇毒了，不過，只要小心一些，不把這個膽弄破，不讓膽裏面的毒液流出來，那望月鱔就是一道比普通鱔魚更美味的菜了！」

李爲恍然大悟，說道：「哦，我明白了，望月鱔的毒只在這個蛋裏，如果把蛋剔出去，那望月鱔就是無毒的了！」

「是的，但要特別小心注意。」楊智笑著搖搖頭說道：「古時候的人就是因爲不認識也不知道望月鱔，所以抓到了也當普通鱔魚一樣剖開，很容易就把這個含有劇毒的苦膽劃破，結果人畜吃了就會中毒而死！」

原來是這麼回事！

周宣總算是明白了原因，只是又想到，鄉下人又是怎麼知道望月鱔這回事呢。

楊智似乎明白他在想什麼，笑笑又道：

「其實你們大可不必擔心望月鱔的事，這東西是極其難得的，並不是如你們想像的那樣，在任何水田中就能抓到。牠生活在偏僻的沼澤或者腐爛的淤泥中，性喜食腐屍肉，尤其是毒蛇毒蟲的屍體，於是，毒蛇蟲身上的毒氣就被牠吸收到那個膽裏面去了！」

說到這兒，楊智停了停又道：「望月鱔很難找，我相信，野生的，現在很難找出一百條，而且，就算找到的話，也不可能是在尋常的地方。以前歷史上發生的事情，我猜想有可

能是山洪爆發什麼的，才把那些人跡罕至的地方的望月鱔給沖出來的。」

「那……」李為抓了抓頭，又問道：「楊叔，那這個望月鱔這麼難弄，你怎麼敢保證人家買回去不會把那個膽弄破？」

楊智笑笑道：「所以都是我自己剖開後再送成品過去的啊，反正這個量也不可能大，也做得過來。呵呵，他們就是要多，也不可能，我弄了十年，也就只養成三百多條。」

「難道不能人工繁殖嗎？」周宣道。

在現在人工養殖的廠子裏，鱔魚量很大，否則僅憑捕捉野生的量，是不夠餐廳酒店的大量需求的。

楊智搖搖頭，一邊剖著望月鱔，一邊又說道：

「望月鱔遠沒有普通鱔魚那麼好養，幼時極難養活，望月鱔一年只會生產一條幼鱔，而且是產小鱔，不是生蛋，所以就更難養成。」

「楊叔，你養的這些望月鱔是八千塊一斤？」李為瞧著盆裏的望月鱔，不禁有些咋舌。這一條怕有一斤重吧，這麼一條就值八千塊，那可比他們吃過的穿山甲啊、中華鱘什麼的更貴。

「像現在抓的這些望月鱔，一條有一斤一兩左右，大的有一斤二兩左右，我賣給酒店的是一條九千塊左右，大的一條就是一萬，不過是按我剖開後送過去的量計算，剖開後一斤約剩下七兩！」

周宣不禁猜想起來，這個楊智怕不是簡單的養鱔人吧，今天給他們抓的這十一條望月鱔，價值就超過十萬了，如果拿到酒店裏，起碼都會翻一番的價錢，別忘了，這只是楊智推銷給他們的進貨價格。

剖完望月鱔後，姚琳到廚房裏做飯，楊智就在廳裏陪著眾人。火燒得很旺，門窗關緊了，房間裏一點都不冷。

老爺子這時才跟楊智正經介紹起周宣來：

「楊智，這是我跟老李兩個老傢伙的忘年交，叫周宣，小女孩是小周的未婚妻，叫傅盈。小周跟你一樣，也是救過我們兩個老傢伙的老命的！」

然後，老爺子又對周宣說道：「小周，楊智以前是我的警衛，十五年前在保護我的時候左手中過槍，有些殘疾，按理說，他是立過功的人，但生性太要強了，受傷後，就鐵了心要退伍，我留也留不住。退伍後，他就在家養起鱔魚來，日子過得也還算實在，我也就放心了！」

楊智當即跟周宣握了握手，說道：「小周，你好，很高興認識你，早就聽老爺子提起過你。這件事說很久了，就是在等這第一場雪的到來啊！」

「楊哥，我也很高興認識你！」

周宣這才明白為什麼非要等到大雪的原因了，主要是等大雪來時，望月鱔的毒性才會達到最強，肉也會最鮮美。

小楊洋嘟著嘴道：「叔叔，你怎麼就只高興認識我爸爸，難道就不高興認識我呀？」

一屋子的人頓時都忍不住笑了起來，楊洋的天真可愛著實引人喜歡。

周宣把小楊洋摟到懷裏，狠狠地在她紅撲撲的臉蛋上親了一口，說道：「高興啊，我最高興認識了小楊洋！」說著眼珠子一轉，又說道：「小楊洋，叔叔這麼喜歡你，給你玩個魔術好不好？」

「好啊好啊！」楊洋拍著小手，說道：「我最喜歡聽故事和看魔術了，周叔叔要給我看什麼魔術啊？」

別看楊洋才四歲，可真是聰明得很，眼珠子轉得挺快，想要輕易騙倒她可不是容易的事。

一說起玩魔術，李為也來勁了，他一直弄不懂周宣玩的手法，而且也找不出破綻。要說魔術嘛，那就是玩的手法，可他始終找不到破綻，惱火得很，偏偏周宣就是不教給他。

周宣捏了捏楊洋的臉蛋，笑問道：「楊洋，那你喜歡什麼樣的魔術呢？」

「嗯……」楊洋偏著頭想了想，咬著唇想了一會兒才說：「還可以自己選啊？那我就選個……」說著的時候，見到李爲湊近了她臉蛋前悄悄說著：

「變東西，變東西……」

楊洋皺了皺眉，表情很可愛地說著：「你說什麼啊，我都聽不到！」

李爲頓時給她弄得不好意思了，裝作嘟嘴生氣了。

「還是叔叔你自己變吧，我也不知道選什麼！」楊洋想不出來，覺得還是周宣自己變點什麼，然後她再看看好不好。

周宣雖說是讓楊洋自己選，但說實話，他還真怕楊洋選個他玩不出來的，在小孩子面前丟臉，但小楊洋最後讓他自己玩，他這才鬆了一口氣。

「玩個什麼呢？」周宣左瞧瞧右瞧瞧的，四下裏瞧著看能找到什麼道具來，瞧了瞧，在窗臺上瞧見一個雞蛋般大小的卵石，是那種河溪裏被水沖得很光滑很圓的卵石。

周宣笑了笑，向李爲說道：「李爲，把那塊卵石拿過來。」

李爲站起身在窗臺上把那個卵石拿了過來，拿在手中還有一點分量，向空中拋了拋，然後握在手中問道：

「你要怎麼變？又要把它變沒嗎？」

周宣用冰氣測過了，這只是一塊普通的卵石，不過還是問了一下楊智：

「楊哥，這塊卵石重不重要？有沒有什麼特別意義？」

楊智怔了怔，隨即搖了搖頭，說道：

「不重要，只是我隨便撿回來的一塊石頭，給女兒玩的。」

「呵呵，好，楊洋，你有筆嗎？」周宣又問道。

「有啊！」楊洋立即從他身上掙脫下地，跑到一旁的桌子邊打開她的小書包，從筆盒裏取出一大盒彩色筆來，然後奔過來，問道：「叔叔，你要用哪種顏色的筆？」

周宣想了想，笑道：「小楊洋，你到李爲哥哥那邊去，用彩色筆先在這個石頭上寫個數字，你學過沒有啊？」

楊洋商興地跳起來，說道：「我學過，我會寫一二三四五六七八九十，我還會畫小貓小狗，我還會……」

「你會這麼多啊，那好啊，小洋洋，你跟李爲哥哥一起，不要讓我看見啊，在上面偷偷寫數字，讓我來猜一猜，我可知道小洋洋悄悄寫的是什麼哦！」周宣打斷了小楊洋的話，然後跟她說著方法。

李爲一怔，他在周宣面前見到過喝酒，玩消失東西，可沒有見到他玩猜東西，這難道又是他新的絕活？

第一二一章

透視眼

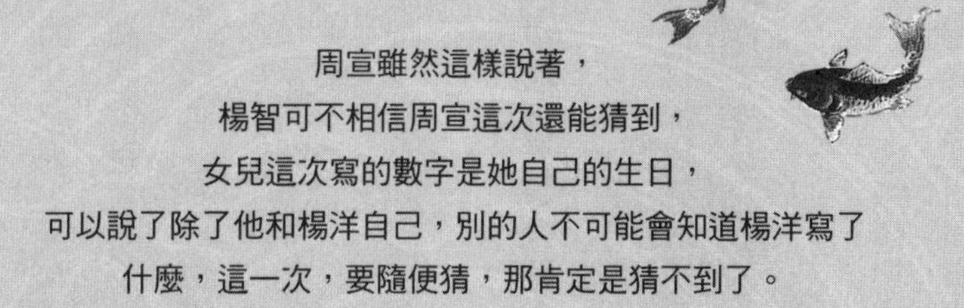

周宣雖然這樣說著，
楊智可不相信周宣這次還能猜到，
女兒這次寫的數字是她自己的生日，
可以說了除了他和楊洋自己，別的人不可能會知道楊洋寫了
什麼，這一次，要隨便猜，那肯定是猜不到了。

李為是當真的，楊智卻想周宣是在逗弄女兒小楊洋罷了，根本就沒當真，其他人也都是笑容滿面地瞧著他們。

小楊洋想了想，然後從彩筆裏面選了一枝紅色的拿出來，又拿了那塊卵石，先是躲到李為身後，又偷偷瞄了瞄周宣，見到周宣偏了頭故意瞧著窗邊，不看她，這才小心地在卵石上面寫了個零，就是畫了個圓圈，然後把卵石藏在衣服裏面，把小頭露了出來，笑嘻嘻地道：

「周叔叔，你現在猜吧，我寫的什麼！」

周宣這才轉過頭來，瞧著李為後面的楊洋，笑笑說：

「小楊洋，藏好沒有？周叔叔可是有透視眼哦，好，讓我瞧瞧，看看小楊洋寫的什麼！」

說著，周宣故意揉了揉眼，又眨了眨，裝模作樣地扮了一會兒。當然，剛剛小楊洋在偷寫的時候，他就已經用冰氣暗中探測到了。扮了一陣後，然後說道：

「小楊洋，你寫得太簡單了，就畫了一個圈，叔叔一猜就猜到了！」

小楊洋一愣，然後道：「周叔叔，你剛剛偷看了我寫字啊？你怎麼知道我畫了一個圈？」

楊洋這樣一說，周圍的人才都知道，周宣說對了，不過剛剛楊洋寫的時候，周宣並沒有瞧這個方向啊，他們可是瞧得清楚，而且就算瞧著這邊，那也還有李為擋著的，瞧也瞧不見啊！

特別是楊洋的爸爸楊智，以前他可是老爺子的警衛，身手眼力那都不是一般人能比得上的，剛剛以爲周宣只不過是逗弄女兒，雖然也沒十分在意，但瞧總是瞧著的，周宣可真沒瞧楊洋這邊，不過周宣轉回頭來揉揉眼就說出了女兒畫的數字，還真有點奇了！

不過轉回頭又想了想，也許周宣是猜的吧，就如同他自己說的那樣，女兒畫得太簡單了，隨便猜了一下便猜中了。

楊洋想了想，馬上又說道：「周叔叔，這次不算，不算，你不准瞧我這邊，我再寫一個！」

周宣笑笑道：「好，我不瞧，你寫好了叫我轉頭，我才轉好不好？」說著，把頭完全轉過去，背對著這面。

楊洋眼珠子一轉，拿了彩筆和卵石跑到最裏面的爸爸楊智身邊，說道：「爸爸，你再幫我擋著。」

楊智笑著把女兒摟到懷中，伸手擋著外邊，然後道：「好好好，我給你擋著，你悄悄寫吧！」一邊說著一邊瞧著周宣，周宣背對著他們，根本就沒動。

楊洋這一次在卵石上寫了個「526」，想了想，又畫了兩個眼珠子，然後又抬頭瞧了瞧爸爸，楊智正瞧著她寫的，一雙手還給她擋著呢，當即把卵石又藏到衣服底下，說道：

「好啦，周叔叔，你現在可以猜啦！」

周宣轉回頭來，笑問道：「嗯，小楊洋這次可聰明多了，寫了複雜的，小楊洋，叔叔要打開透視眼了啊，你藏好沒有？」

周宣雖然這樣說著，楊智可不相信周宣這次還能猜到，女兒這次寫的數字是她自己的生日，又畫了兩個眼珠子，而且在寫的時候，自己還給她擋住了前後左右的視線，可以說除了他和楊洋自己，別的人不可能會知道楊洋寫了什麼，這一次，要隨便猜，那肯定是猜不到了。

周宣笑了笑，又揉了揉眼，說道：「我要打開透視眼了，小楊洋，嗯，我看囉！」

楊洋格格笑著，把石頭藏得更緊了。

周宣皺著眉頭，又眨了眨眼，說道：「小楊洋，你寫得好多啊，太聰明了，五二六，嗯，還畫了兩個眼珠子……」

一直都是當周宣在逗著小楊洋玩點小戲法的，但周宣又準確地把數字說了出來，這一下連楊智都呆了！

女兒剛剛偷偷寫的時候，他可是瞧著的，除了他，也沒有別的人看見，而且這是自己的家，當然不可能設了什麼攝影鏡頭這樣的機關的，再說，周宣根本就沒回過頭，他是怎麼知道的？

原本是當好玩逗女兒，但現在楊智都給弄迷糊了，不知道周宣是怎麼知道的。

這一下連老爺子、老李、魏海洪、李為等幾個人都奇怪得不得了，興趣都起來了，全瞧著楊洋這兒。

楊洋愣了一會兒，咬著手指頭，很是想不明白，問道：

「周叔叔，你怎麼知道我寫的數字啊？」

這個話，是所有人都想問的，只有傅盈是唯一真正明白的。

小楊洋咬著手指又想了想，嗲聲道：

「肯定是周叔叔偷偷看到了，我要再躲起來寫一個！」

李為是最想把周宣的底細弄清楚的，也是最想跟周宣學到這些手法的，可周宣就是不教他，讓他又氣又無奈。不過現在可是個好機會，可以借著小楊洋來讓周宣多玩幾手，一來說不定可以瞧出什麼破綻，二來也說不定有什麼轉機，或許老爺子說句話，周宣一高興就答應教自己了。

周宣卻在這個時候笑著對小楊洋說：「小楊洋，你再看看你手裏的石頭！」

小楊洋低頭一看，不禁又喜又詫異，手裏的卵石不知道怎麼就變成了一個石頭做的小兔子，大大的耳朵大大的嘴，活靈活現的，可愛極了！

小楊洋頓時歡喜極了，蹦了起來，歡呼雀躍地道：「這個兔子好可愛啊，周叔叔，你怎

麼把兔子藏到我手裏的啊？」

周宣笑嘻嘻地說：「這可是秘密了，可不能說的啊！」

楊洋點了點小腦袋，然後自言自語地說：「我知道了，周叔叔只能跟我一個人偷偷說！」

眾人忍不住又笑了起來，不過楊智倒更是奇怪了，難道周宣真會什麼奇特的魔術？這一手玩得可真漂亮，他愣是沒看出有半點破綻。

李爲抓抓頭，反而比小楊洋顯得更著急，周宣這一手玩的跟以前又不相同了，讓他心裏更是心癢難搔！

「你給我也來變一個！」李爲興趣一來，好奇心更強，催著周宣給他來一個。

周宣正要說話，楊智的太太姚琳走了出來，說道：

「楊智，架好桌子，擺菜了！」

楊智趕緊起身到大廳中間架好桌子，然後在桌子上放了一個酒精灶，取了塊酒精燃料放進灶中。

姚琳端了一個大炒鍋出來，一到廳中，香味頓時撲鼻而來，李爲叫道：「好香啊！」

確實是香！這香味讓所有人都忘了問周宣魔術的事，周宣也順水推舟，裝作忘了，趕緊過來幫忙。

姚琳又端了碗筷出來。楊智擺好了，先請老爺子兩位老人家過去，最後從裡面又拿了一個小盒子出來。盒子是長方形的，打開後，裏面只放了一雙白色的筷子。

周宣冰氣一過，立時便知道這是一雙象牙筷。

象牙筷白得像玉一樣，楊智拿了筷子出來，然後伸到鍋裏攪了攪，把筷子取出來仔細瞧了瞧，筷子依舊是乳白色的樣子，沒有半分變化。

從楊智這個動作，周宣立時明白了，楊智這是在試毒，象牙是有試毒功效的，如果有毒的話，象牙筷是會變成黑色的。表示這一鍋望月鱔肉是無毒的。

因爲兩位老爺子的關係，楊智並沒有拿酒出來，李爲和魏海洪也都不提這個話，老爺子的醫生是囑咐過，最好不要飲酒。

雖然不喝酒，但楊智還是很恭敬地請兩位老爺子動筷。

老爺子與老李兩個人拿了筷子，向周宣笑笑道：

「小周，嘗嘗吧，看來我們兩個老傢伙不先動筷，你們是不敢動的了，來來來，我先動第一筷！」

說完，老爺子挾了一塊送進嘴裏，一邊品著味道，一邊讚道：

「這個味道，真是沒得說了，跟半年前的味道還是一樣，吃了八九十年的東西，就這個味能記得住！」

周宣幾個人也都夾了一塊鱔肉放進嘴裏，頓時一股鮮到了極點的味道直透入腦子中，進而浸透到全身，似乎全身的毛孔都鬆了開來，全身舒泰！

李為在吞下鱔肉後，呆了一下，這才說道：

「我的天啊，這個味道，要是別人嘗到了，別說八千，就是一萬八一條，那也是大把人追著要吃啊！」

周宣也這麼認為，以前跟陳三眼在南方是吃過穿山甲，那也是要七八千塊一斤計算的，但那個味道跟這個望月鱔的味道就沒得比了，或許那些有錢人吃穿山甲只是圖個新鮮，要說吃在嘴裏的味道，穿山甲就遠遠算不上好了。

楊智又介紹道：「這些望月鱔我是用蠍子、魚、蚯蚓、蟹、蝦等等來餵養的，所以味道鮮是肯定的，而且大自然有一個規律，通常越毒的動物，牠的肉味越是鮮美。」

李為又挾了一筷子絆著鱔肉一齊炒的菜，吃了後說道：「楊叔，這個菜好像是泡菜，酸酸的，加上望月鱔的味道真好吃！」

「對了，這就是酸菜，不過不是市場上賣的，而是我自己醃製的酸菜。」楊智介紹著，「我當年在部隊的時候，曾在伙食團幹過一年，那時伙食團的班長是四川人，最會做一手老家的酸菜，我也跟他學到了醃製酸菜的手藝，酸菜炒鱔魚本就是川鄉的一道名菜，拿來配望月鱔是最好不過的！」

小楊洋一直在周宣身邊，因爲剛剛周宣給她神奇地變了一隻兔子出來後，就特別膩著他，這時，站在旁邊拉了拉周宣的衣袖，嗲聲道：

「周叔叔，你們都忘了我啊！」

周宣側頭瞧著小楊洋手裏拿著一副小碗小筷，可憐兮兮的樣子，一雙黑得亮人的眼珠子正盯著他。周宣和傅盈都笑了起來，周宣趕緊拿了她的小碗，挾了半碗鱔肉，笑道：

「是啊，都忘了我們的小寶貝了！」

一桌人一邊吃一邊喊讚，平常誰能想得到，就這麼一鍋菜就值了十來萬?!酒店夜總會的菜式也沒那麼貴，如果只論菜的話，那這盆望月鱔可真算是天價菜了。

周宣感慨著，忽然衣袋裏的手機響了起來，拿出來一看，名字是許俊成的，笑笑道：

「兩位老爺子，楊哥洪哥，我接個電話。」

周宣按了接聽鍵，裏面傳來許俊成的聲音：「是周董嗎？」

周宣笑笑道：「是周宣，不是周杰倫！」

這話有些搞笑，傅盈也忍不住笑了起來，沒想到周宣現在也有些幽默細胞了。

「不說笑，有事，出事了！」

「出什麼事？別急，慢慢說！」周宣一聽他的語氣很急，沉著聲音讓許俊成慢慢說。

「我們在京城的三十一家分店中，有十七家被珠寶監管部門檢查，要說被檢查很平常，但這十七家店是我們在京城的旗艦店，在同一時間被檢查，那就有問題了！」許俊成急促地說著：

「監管部門檢查中，抓了我們一些小問題，結果每一間被檢查的店，都被開了一張十萬元的罰款，加起來就是一百七十萬的單子。而且監管部門剛走，工商稅務部門又接二連三地來了，我想，這肯定是有人在背後動我們的手腳！」

不用許俊成說明，周宣哪會想不到？能同時出動人手來檢查京城內十七間最好的店面，那可不是一般人能做到的，這個人的能力絕對不小，打個比喻，你被一個派出所處罰，只是小問題，但如果被全國的派出所都處罰，傻子都知道，肯定不是一個普通人在背後動他！

而接下來還有稅務問題，這其中玄機就更大了，就如同一個禿子頭上的蝨子，明擺著了。

周宣只說了一句：「我馬上過來！」然後就掛了電話。

旁邊的人都聽到他說的每一句話，明顯都知道出了事。

老爺子眉頭一皺，道：「吃個飯都不讓人安寧！小周，是什麼事，讓海洪給你處理，你今天就好好吃頓飯！」

周宣想了想，還是委婉地道：「老爺子，是我買下的珠寶店出了點事，還真得過去瞧一下，老爺子，我也吃飽了，您跟李老洪哥就在這兒慢慢吃，我先回去一下！」

老爺子臉一沉，把筷子拍在桌子上，停了停才說道：

「這飯我也不吃了，走，一起過去瞧瞧！」

周宣頓時有些手足無措，想了想才說道：「老爺子，讓洪哥和李爲跟著我過去還可以，要麻煩到您二位老人家，那我是無論如何也不能答應的！」

周宣想得到，以老爺子和老李那種身分，跟他去那種場合當然不合適，不出事還好，出了事誰也負不起那個責任，而且如果傳出去也不好，如果是洪哥和李爲就無所謂了，太子爺可不怕閒言閒語的。

老爺子已經站起身，擺手讓警衛到外面準備開車，老李也跟著起身，一邊走一邊道：

「小周，就一起過去瞧瞧吧，放心，我們兩個老傢伙又不是小夥子，這麼多年，什麼圈套陷阱都見過了，不會輕易就被人家算計的！」

這個是理所當然的，像老爺子和老李這樣的人，隨便跺一下腳，也許京城就會抖幾下，事實上，也不可能有人來算計他們，因爲這會牽扯到許多的權力派系的爭鬥，牽一髮而動全身，沒有人會傻到同時來得罪老爺子和老李這兩個老人。

周宣只是不願意讓他們出面而已，如果老爺子叫洪哥去處理這事，他倒是不會反對，周宣心裏明白，以這件事所顯示的形勢來看，對方背後顯然是一個極有能力的對手，讓洪哥出

面或許是明智的選擇。

不過周宣又估計到，對方做這些逼迫手段，基本上是不知道他背後有魏家和李家這樣的靠山，所以讓洪哥出面的話，最好不要公開，所謂知己知彼方能百戰百勝，而現在，他們並不知道是什麼樣的對手在對付他們！

周宣這一行人趕去的是東城百貨大廈四樓的珠寶賣場。這間店無論是規模、地勢、客流量等等，都是排在前列的。許俊成也在這兒等候，因爲還有珠寶監管部門的人在這兒。

在路上，周宣已經同許俊成通電話問清了基本情況。如周宣所想，許俊成猜測也是同行中的競爭對手所爲，以三家想吞併自己的對手爲首。當年許氏珠寶並沒有被他們收入囊中，而許俊成又奇蹟般地起死回生了，這些都讓許氏珠寶的對手們惱怒不已。到嘴的食物飛了，這如何能洩得了心中的火氣？

於是，對手們暗中查清了，得知是一個叫周宣的年輕人收購了許氏珠寶，而且這個周宣還是個剛從鄉下遷到京城來的新戶，全家沒有一個是有來頭的，不過是個暴發戶而已。

於是，第一個有動作的，就是叫「周大興」的一家珠寶商。這是實力很強、底子雄厚的一家港商，最近幾年在國內的步子邁得很大，在京城的珠寶行業中能名列前三，這次想吞併許氏珠寶就是以他爲首。

「周大興」的國內最高管理，是周大興家族中的第二代，最傑出的子輩周開倫，年紀輕輕，三十不到，卻是極有才能，把周氏企業在國內的生意做得十分紅火。

但年輕則自然氣盛，周開倫在許俊成幾近破產的時候便主動找過他，不過那時許俊成落魄難堪，周開倫的語氣自然不善，他料定許俊成再無退路，把公司賣給他是最好的出路。但許俊成不知道怎麼了，竟然拒絕了他，反而找到了周宣這條出路，這讓周開倫很鬧心，自己花費了很大的心血，卻讓別人撿了便宜，他心裏如何能服！

周開倫當即與京城一個關係密切的高官暗中商議，請他暗中出手，並許諾給一成的乾股。這個可不是個小數目了，一成就是百分之十的股份，許氏珠寶雖然目前陷於困境之中，但實際上卻是績優產業，如果重新把許氏重整，那就是近十億的優質產業，給一成就等於是給了一億的產業啊，這份厚禮當然足夠打動人了。

是以珠寶監管部門、工商稅務一撥接一撥的來，許俊成本就沒有多少關係底子，再加上這大半年來的落魄，大部分關係更是早已對他避而遠之了。

周宣雖然不做生意，但經驗還是有的，知道上級部門就是掐喉嚨的，要查你的話，就算你是個雞蛋，那他們也能從裏面挑出骨頭來，就算什麼都沒有，他們也能弄出莫須有的事來，何況珠寶行業要查的話，沒有哪一家的屁股是乾淨的。

最常見的就有幾種手法，一是珠寶商對售出去的珠寶，一般只會開出一張珠寶商的品質

認證書，但這個東西會讓絕大部分買家消費者糊塗，消費者都以為這是發票，其實這根本就不是發票。

沒有發票，商家便可以逃漏稅，這是手段一；其二，他們還會在出售的商品上做手腳，以次充好，以劣充優的事，屢見不鮮。

周宣在以前便見識過了，翡翠以劣質玉充好貨，經過無數手法煉製後，外表看起來與上等品是沒有差異的，ＢＣ貨不明示，這些都是其中之一。

又比如鑽石珠寶，也都是暗藏玄機的，如果是死鑲，包鑲不能打開的話，是不能把鑲在其上的鑽石取下來看的，那這種物件中，鑽石就可能是殘鑽，表面這一面璀燦無比，而另一面卻是殘缺的，但因為是死鑲，是不能打開的，所以消費者是不知道的，而且也不懂。

許俊成進的貨物中，自然也是有這種情形的。通常每一家珠寶商都有這種事，而珠寶鑑定部門哪有不知道的？這行中的事也是不能一概而論的，有些事是可管可不管的，看什麼人說什麼話。

在車上，周宣跟許俊成弄清了大部分的情況，當然，他也只是猜測是「周大興」的周開倫幹的，卻不能百分之百肯定。

老爺子跟周宣問了詳情後，皺著眉頭思索。

到了百貨大樓，警衛停好車，大家一起上了四樓的珠寶賣場。

一行七人，老爺子和老李爲首，周宣魏海洪陪同，傅盈，李爲，警衛一起。到了四樓的賣場後，許俊成苦候多時見到周宣來後，大喜不已，趕緊迎了過去。

現在已經改名的周氏珠寶店面占地約有八十平方，在這偌大的四樓珠寶賣場中算是極大的門面了，不過現在卻有六七個戴著名牌的執法人員在檢查，旁邊還有一個女執法人員做記錄。店裏的八名女店員此刻都在店的角落邊站著，一邊看，一邊小聲地交頭接耳。

周宣讓許俊成趕緊弄幾張凳子來，許俊成不認識老爺子和老李以及魏海洪，他只認識一個李爲，但見李爲卻是最老實地站在最後面，心裏便是一緊，李爲是什麼人，他豈有不知？李爲平日最是囂張不過，現在卻老實得像個孫子一樣。不過許俊成也沒想錯，在老爺子和老李面前，李爲也就是個小孫子。

許俊成看人的眼光是有的，雖然不認識，卻知道這幾個人絕不是普通人。

但店裏的監管人員卻是直衝他們擺手，不耐煩地說道：「你們要買珠寶就到其他店去吧，這間店涉嫌賣假劣商品，正在接受檢查，現在不能賣貨啦！」

老爺子和老李面色一沉，魏海洪卻是毫不客氣的先請老爺子和老李在顧客坐的高椅上坐下，然後冷冷地道：「如果你們是按規定正當檢查，我當然不會管，不過要是另有隱情，搞什麼勾當，我正看著呢。」

現在李為還不敢出頭，因為有爺爺在呢，還輪不到他來耍威風。而且，大概爺爺也想再瞧瞧，看個明白再行事吧。

檢查部門來人是珠寶監管組織的幹事，領頭的是一個副主任，來的時候就已經知道，查這家周氏珠寶是他的頂頭上司吩咐下來的，要「重點照顧」周氏目前最主要的門市，至少要讓周氏暫時停業整頓。查到什麼違規的就給重罰。

這個意思他當然懂，要查違規，當然能查得出來，不就是重罰嘛，罰金就是他們的獎金，自然是多多益善。

這會兒，魏海洪的無禮，讓他的權威受了輕視，這位主任當即怒道：「說了讓你們走開，沒聽到是不是？這店要停業整頓，快走，別防礙我們工作！」

魏海洪冷冷道：「我不防礙你們工作，我們坐在這兒看著，你們做你們的！」

「咦，你還挺大牌的嘛！」那主任一氣，當即上前伸手一推，不過手還沒推到，老爺子的警衛閃身上前手一擰，「咯嚓」一聲，那主任的胳膊便脫臼了！

這警衛可絲毫不客氣，他的任務就是保衛老爺子的安全，老爺子是什麼人，他根本就不用想什麼後果，真要擔心的其實是那個主任。

那主任右手臂給扭脫了臼，又被順手摔到地上，在地上打了兩個滾後才呼起痛來：

「哎呀……哎喲，我……我的手……手斷了……」

第一二二章

太歲頭上動土

能做這種算計的，
想必也是頂上還有人，但面前這個魏海洪和李為，
來頭這麼大，他怎麼敢在他們頭上動土？
他現在要做的，就是把自己的下屬約束好，
別讓他們在中間做了炮灰就好。

這個突發事件，頓時讓和那主任一起來的工作人員都呆了，省悟過來後才一聲大喊，六七個人一湧而上。

像他們這些檢查人員來珠寶賣場，統統都是大爺，別說挨打，就是敢對他們沒有笑臉的，那也得給小鞋穿，他們哪裡見過敢打自己的人！

老爺子的警衛更不多話，閃身竄入這幾個人中間拳打腳踢。十秒鐘不到，湧上來的七個人都躺在了地上，抱手抱腳地直是呼痛。

就這麼一瞬間，珠寶監管部門的人就只剩下一個女子，呆愣了半晌才尖叫了起來，引得旁邊一些珠寶店的員工視線都投了過來。

同時，也有幾家珠寶店的經理都跑出來直叫嚷：

「你們幹什麼？報警……趕緊報警……」

這些人可是認識珠寶監管部門的工作人員，尤其是那個主任，這些人都是他們的頂頭上司，哪能不趕緊拍馬屁！

首先趕到的是百貨大廈的保安，打架嚇唬人的事他們可幹得多了，又順手又有經驗又威風，還有好處，幹好了又是吃喝一頓！

這些保安平時就是耀武揚威的，又人多勢眾，此刻上來的差不多有十五六個，個個手持鐵管鋼條的，領頭的一個人叫道：

「在哪裡，什麼人活得不耐煩了，敢在我們這兒鬧事?!」

那個主任坐在地上痛得汗水直流，見到救兵援手來了，趕緊指著魏海洪這邊幾個人說道：「就是他們，給我打，有事我來擋！」

許俊成臉色大變，現在把珠寶監管部門的人都打了，得罪是得罪死了，基本上已經沒有回轉的餘地，這個頭痛的事還沒有時間來想，但現在的危險更大，百貨大廈的保安跟他們是穿一條褲子的，怎麼辦？

許俊成又注意到，周大興店裏的一個經理此時正在拿手機打電話，因爲隔得距離不遠，而且那經理說得有些急，許俊成隱隱聽到什麼「周總……打起來了……我已經通知大廈保安……又報警……」從這些話猜測起來，果然是跟他們有關！

老爺子的警衛當然不會害怕這一群保安，但這兒就他一個人，對方可是十幾個手持武器的壯漢，自己要保護的命卻有好幾個人，肯定是會顧及不到！

危急之下，他也顧不得細想，當即手一伸，將腰間裏的手槍一把掏出來，冷冷喝道：「誰敢再上前一步，我就開槍打死他！」

除了周宣這邊七個人外，在場的其他人全都嚇得一呆，隨即都不敢動彈，包括受傷倒地的那些珠寶監管部門的人。

但許俊成卻注意到，旁邊店裏那個經理又蹲下了身子，隱約能見到他又在打電話。他心裏更緊張了，鬧到這個地步，恐怕是不能善了啦，無論如何，打傷工作人員，又持槍行兇，這在他的想像中可是解決不了的事情，看來自己依然逃脫不了破產和被吞併的命運！

那十幾個保安雖然囂張，但面對黑洞洞的槍口卻都是愣住了，不敢動彈，生怕對方手一滑就走火了！

呆滯了片刻，那名保安頭兒模樣的大漢嘿嘿乾笑了笑，說道：「兄弟，你可知道持槍傷人是什麼罪？再說……」他嘿嘿又笑了笑，說：「你這槍，是不是玩具啊？」

警衛哼哼冷笑道：「是不是玩具我不知道，你要不要試一下？」

保安頭臉上的汗水滴了出來，又笑了笑，不敢再多說，這玩意兒最好不要試，要是真的，那還不得把他的命都給試沒了？

「全都給我待在一塊，退後五步！」

警衛擺了擺手中的槍，那幫保安立即乖乖退後五步，縮成一團。

這時，四樓的客人都作鳥獸散，慌亂地逃離出去。很多其他店的員工也都逃跑了，遇到這種要命的事，逃命才是重要的，損失不歸他們管。

十分鐘的時間，員警就趕到了，先是把客人和其他店裏的員工疏散開，然後安排狙擊手就位，因爲他們接到報案，說是持槍行兇，人質有二十多名，十六名保安和九名珠寶監管人員。

許俊成店裏的八名女員工這時也都嚇得臉無血色，蹲在店裏的櫃檯下，頭都不敢抬！

一切佈置好後，員警才在掩體後用擴音器叫道：

「裏面的人聽好了，你們已經被包圍了，扔下槍自己走出來才是你們唯一的機會！」

那警衛冷著臉，哪裡會扔槍走出去？

老爺子臉色更是冷沉，對魏海洪揮揮手，說道：

「老三，你出去把警察搞定，正常處理，應該怎麼辦就怎麼辦，不要特殊化，也不要把事鬧大！」

魏海洪點點頭，然後把雙手攤開，大聲道：

「我手上沒有武器，我出來了！」

魏海洪是空著手走出去的。躲在掩體後的員警拿槍指著他。

慢慢地走上前後，魏海洪才冷冷地對他們說道：

「誰是你們的主管？出來跟我說話！」

「真是太囂張了，你要說什麼，跟我說吧！」其中一個人走出來，對魏海洪說著。

魏海洪瞧他肩上的官階，冷冷道：「你還不夠資格，換一個職位大一點的！」

那警察嘿嘿笑了笑，揮揮手道：「別囉嗦了，銬回去！你在局裏面再慢慢找職位大一點

的吧！」

魏海洪喝道：「退下去！」

那員警一怔，倒真還被魏海洪的威勢震住了，禁不住就退了兩步。魏海洪理也不理他，隨即掏出手機來。

他這個掏手機的動作，把眾人嚇了一跳，趕緊長槍短槍地又對準了他，看到是手機後才鬆了口氣。

魏海洪在通訊錄裏找了個名字後，直接按了撥通鍵，說道：

「李部長，你好，呵呵，是我，老三……在東城的百貨大廈四樓，給你們的人持槍對著呢……誤會？呵呵，要是我就算了，可他們對峙的不僅僅是我，還有我爺爺和李雷李哥的老爺子李叔兩位老人家，好在今天有我爺爺一個警衛在，你說他的工作是什麼？當然不會繳槍了……什麼，好好……」

魏海洪一番電話打完，掛了手機後，旁邊的員警還搞不清楚，但都認爲魏海洪只是在裝腔作勢，鬼知道他找的是什麼部長！

把手機揣進了衣袋裏，魏海洪瞧見圍著他的警察都躍躍欲動，似乎就想上來銬他，便淡淡道：

「想銬我？我勸你們還是不要找麻煩，如果想，再多等五分鐘。五分鐘後再行動，對你們只有好處沒壞處！」

「哪有那麼多廢話？」當即就有兩名員警竄上來對他動手，一邊扭上手銬，一邊說：「銬回去看你怎麼囂張！」

「慢……等一下！」

剛剛那個肩上有星槓的警察伸手攔了攔，因爲他剛剛瞧到裏面，跟周宣站在一起的是李爲，這個有名的花花大少，他有幸在夜總會中見到過一次，心裏不禁一顫，心想：如果這人跟李爲是一夥的話，倒是不好辦了。因爲像李爲這種身分的人，他們是無權處理的，就算碰到了，最好的方法也是趕緊避開，這才是明智的做法。

「你……裏面那個人……你認識嗎？」

那員警指著裏面的李爲給魏海洪看，魏海洪淡淡道：「你說李爲？呵呵，你以爲是他的面子啊？這小子可沒個正經！」

那員警心裏又是一顫！

魏海洪這口氣，可是分明半點沒把李爲瞧在眼裏！

魏海洪湊近了他，然後輕輕說道：

「我告訴你吧，最好不要張揚出來，看見吧，裏面那一位持槍的，他可是國家一級警

衛，如果你們危害到裏面幾個人的話，他是有權開槍打死你們的！」

魏海洪這個話剛好只有一個人能聽見，那員警呆了呆，腦子裏有些糊塗，還沒轉過彎來，身上的手機就響了！

這個員警是東城分局刑警大隊的副隊長，電話一響，趕緊掏出來一看，是局長的電話號碼，不容分說，立即按了接聽鍵。

「王局……什麼？……是是是……是，我明白了！」

電話一接完，他就急急把手機揣進了衣兜，然後把還扭著魏海洪的兩名員警一人一拳打散了，對魏海洪說道：「不好意思，是誤會誤會！」

接著，他回身對其他持槍的員警叫道：「把槍都給我收起來，誰要出了問題走火，誰……誰都負不起責！」

隨即，他又堆著笑臉對魏海洪道：「這裏不方便，我想把裏面的幾位老人家接到別的地方，其他的事我們會盡全力查清楚！」

魏海洪也不想把事情鬧得大風大雨的，當即轉身走回去，對老爺子低聲道：「爸，事情解決了，等一下估計會有其他的人來。我想，你還是跟李叔先回去吧！」

周宣看了這一陣子，也低聲勸道：「老爺子，您二位老人家在這兒的確不好，還是先回去，有洪哥在這兒就足夠了！」

老爺子當然知道這種情形下，不管是自己占不占理，鬧到大眾皆知總是不好的事，有魏海洪和李為在這兒那就無所謂了，也就點點頭，對那警衛說道：「小楊，我們先走吧。」

走了幾步又對魏海洪道：「老三，要把小周的事處理好，我回去再給有關部門打個招呼，還有，多找你二哥商量商量！」

魏海洪的二哥魏海河也是魏家從政的重要人員，因為是政務官，其影響力還要大過任海軍司令的大哥魏海峰。

老李也是直哼哼，說道：「不像話，如果是正當的檢查工作，那倒無所謂，但看這個場面，能不是濫用職權嗎？要是今天遇到的不是我們，而是另外的普通人，那小周的公司是不是就得被這些人勾結起來強行吞併了？」

「李叔，您放心，您跟我爸就先回去，這兒有我呢，放心，我周宣兄弟吃不了虧！」魏海洪計算著時間，趕緊催著兩位老人家回去。

等魏老爺子和老李兩位老人家和警衛離去後，魏海洪才把幾個警方的主管招手叫過來。外面部署的人員早已經全部悄悄撤走了，上面的高層還在陸陸續續趕過來。

那個刑警隊副隊長也是越來越心驚。剛剛接到局長的電話，讓他要無條件配合魏海洪他們行事，把佈置的所有武裝都撤走，但局長並沒有透露魏海洪這些人是什麼身分，只是囑咐

小心做任何事，別出錯，出了問題，誰也保不住他們。他這才明白，這些人真如魏海洪自己所說的那麼厲害，只是他心中一直在琢磨，那個電話，魏海洪究竟是打給什麼「部長」的？

在政務主管中，叫部長的不少，但不可能誰都能隨便打給××部長，心裏想著不可能，但卻越來越忐忑不安，直到十分鐘後，他的頂頭上司分局王局長趕了過來。

作爲京城幾個分局的主管，王局長對京城裏的那些太子爺哪有不清楚的，在他們的地盤上，哪些人是動不得的，哪些人是碰不得的，他心裏十分明白，都有底，當然，就算王局長心裏跟明鏡似的，但這些話也不好跟下面的人明說。

王局長來了以後，直接跟魏海洪笑呵呵地打了聲招呼，轉彎抹角地把事情弄清楚了，這才長長地出了一口氣，抹了抹額頭的汗水！

所幸還不是他們的人惹事，究其原因，原來只是某些人想利用員警的職權，想要強行吞併周氏珠寶而已，這事，他犯不著搭進來送死！

能做這種算計的，想必也是頂上還有人，但現在顯然是暴露了。而面前這個魏海洪和李爲，來頭這麼大，他怎麼敢在他們頭上動土？他現在要做的，就是把自己的下屬約束好，別讓他們在中間做了炮灰就好。

跟魏海洪陪著笑聊了一陣，王局長找個小理由便先撤了，在公眾的視線下，他是不會把魏海洪這些人拉去吃飯喝茶什麼的，那是私底下的事。

當然，他們走的時候，也把十幾名保安和珠寶監管部門的人都帶走了。珠寶部門的檢查人員對珠寶商來說是上司，但對員警來說，屁也不是。這幫人給員警惹了麻煩，怎麼也得把他們關上半天！

而且，王局長走的時候，還在魏海洪耳邊悄悄說了一句話：

「三哥，我從下面聽到一點消息，這次做手腳的是周大興的周開倫周總……」

魏海洪心裏直冷笑，果然是這個傢伙。

想了想，魏海洪還是給老爺子彙報了一下這個情況，然後回過頭來對周宣說道：

「兄弟，我想我們也先回去再說吧。兄弟你放心，店好好開著，沒事啊，別人要想再使這些陰手，他們得掂量掂量自己的能耐了！」

從警方把珠寶監管部門的工作人員帶走，到店面重新營業，一共不到一個小時，再進來的客人們哪裡知道剛剛還發生了這樣不可思議的事情！

周宣想了這一會兒，對許俊成道：「老許，該怎麼做照舊做，生意以外的事情我負責，你不用管那些事！」

許俊成有些發愣，也知道魏海洪和剛剛那兩個老頭子的來頭大到不可想像，剛剛警方的這些動作就很明顯說明了這一點，如果這些事換了別人遇上，結果會是怎樣？

愣了一會兒，許俊成才醒悟過來，趕緊點了點頭，對周宣就更加信服了。有這樣的朋友

才是幸事，公司雖然轉讓了，但周宣給他留了百分之十的股份，他仍然是這家公司的老闆之一，這讓他心裏對周宣十分感激，而今天他才明白過來，周宣不僅僅是爲人好，財力大，更重要的是，他身後還有令人不可想像的深厚背景！

周宣笑了笑，對魏海洪道：「洪哥，我們走吧。」

「媽的！」李爲啐了一口，惱道，「原來是周開倫那小子幹的好事？老子可得找點小鞋給他穿穿了！」

周宣，傅盈，魏海洪，李爲四個人走到電梯旁準備下樓，許俊成跟著過來送行。到電梯邊時，從電梯中出來的兩個人，許俊成不禁愣了一下，隨即對周宣輕輕道：「周董，右邊那個就是周開倫！」

周宣怔了怔，隨即順著他的目光瞧了過去。兩個男子中，右邊的那一個年紀約三十左右，看模樣倒是一副精明俊逸的樣子，但眼神太過自傲，也許他的確是有些自傲的本錢吧。出了電梯，周開倫一眼便瞧見許俊成，這個在他重壓之下落魄得幾乎要自殺了的人，最近卻又重新煥發了新生，或許旁邊這個人就是周宣——周氏珠寶的新老闆？

周開倫肆無忌憚地瞧著周宣，又把眼光投在了挽著周宣手臂的傅盈身上，眼睛突然一亮！

傅盈的美麗，是所有男人都不能忘記的那種，所以也難怪周開倫震驚。

就衝他這副樣子，周宣就極不喜歡這個人。不說別的，就算是有幾分才能吧，他也不過只是個囂張的富二代，有了些小成績便自以爲這世界上只有他一個人，他就是地球的中心一般！

「喲，許總，這位就是你的新老闆周宣周老闆了？」周開倫皮笑肉不笑地說道：「都姓周，想必五百年前咱們是一家吧，這位是……」說著，把目光又轉向了傅盈。

周宣哪裡理會他，淡淡道：「雖然都姓周，但有句話，我想你應該聽說過吧，道不同不相爲謀，要做生意就好好做生意，賺多少錢是你的本事，要陰招搞陷害會玩火自焚的，要知道，這個世界不是你一個人的！」

「是嗎！」周開倫嘿嘿道：「那也未必，皇帝的兒子生下來就是皇子，那是他的命，鄉下人就是鄉下人，有句話我想你也應該聽說過吧，龍生龍，鳳生鳳，老鼠生的兒子只會打洞，我想你會明白這個道理吧？」

這個道理當然誰都明白，但周開倫那惡毒的用意，大家更明白。

周宣把頭稍稍湊了過去，對周開倫淡淡笑道：「周大少，我是個鄉下人不錯，本來我是個愛好和平的人，但這個戰火是你挑起的。告訴你吧，周大少，就因爲你今天的囂張無禮，我一定會把你趕出國內市場，你就等著吧！」

周宣的這個聲音雖然很低，但旁邊的傅盈、許俊成、魏海洪、李爲可都是聽得清楚。

周開倫哈哈一笑，一雙眼睛瞇了瞇，射出幾乎是綠色的陰森森的光來，道：

「周宣，你會爲你這句話付出代價的，記著，我們有些人的財富和權勢可不是你這個小暴發戶能明白的！」

「他X的！周開倫，你以爲有幾個臭錢就可以在這兒顯擺了！」李爲跳出來就給了周開倫一腳，破口大罵著。

周開倫被李爲這一腳，差一點踢翻到電梯門上，他哪裡受過這樣的羞辱？惱怒之極，扭過身來就要對李爲動手，但一瞧見李爲冷冷的眼神，當即一怔，說道：

「李……三哥，怎麼是你？你搞錯了吧？」

「搞錯？」李爲哼了哼，說道：「老子跟你又不熟，叫什麼三哥？你知道周氏珠寶的老闆是誰嗎？告訴你，你要對付的鄉巴佬就是我的叔叔，要對付我叔叔，老子先把你幹翻了再說！」

周開倫吃了一驚！

許俊成轉手後，自己可是先查明了新老闆周宣的底細，查到他沒有什麼背景才動手的！像周開倫這種人，並不是一味的胡亂囂張，在對付對手之前，都要先查明對手的背景底細才決定是否下手，如果有後臺，就算能贏，那種殺敵一千自損八百的事，他們也是不願意做的。

就因爲查明了周宣沒有任何後臺，周開倫才動了手，但沒想到周宣竟然會跟李爲有關係！

李爲的底細周開倫當然明白，以李爲自身的能力，他倒是不足爲懼，像這種花花公子似的太子爺，別人要整他是不敢的，任何人都得考慮一下他背後那懾人的力量。

如果只是李爲本身要跟他爲難，周開倫還是不擔心有大問題，但如果是李爲背後的力量，那就是他大禍臨頭了，他周家再有錢，也遠不能跟這種力量相抗衡！

愣了一會兒，周開倫又怒又羞，在周宣和傅盈以及許俊成面前，自己給李爲這樣一鬧，哪裡還有半點面子？

而且他剛剛跟周宣幾乎是說到了誓不兩立的地步，李爲的忽然翻臉讓他有些發矇。

本來周開倫的計畫是展開對周氏珠寶一連串的行動，先是珠寶監管部門，然後是工商稅務，輪番出擊，而他的目的，就是讓周氏珠寶接到巨額罰款單後，在檢查中停業整頓。只要這樣的動作持續一兩個星期以上，新店剛剛以新珠寶拉來的客流量就會統統走光，這時，他就有了在最低谷吞併周氏珠寶的可能。

這個手法，周開倫早玩得熟透了，在內地的各大城市中，他就以這樣的手法吞併了無數

家小珠寶商！

「三哥……」周開倫還想跟李爲說幾句話，起碼他自認絕沒有得罪過李爲。

「你少跟我拉什麼關係！」李爲不等周開倫說出來，便即打斷他的話。

周宣不想在這種場合公開與周開倫如潑婦般廝打，便拉著傅盈、魏海洪和李爲要上電梯。這時，另一個電梯上又下來一些穿著公務制服的人，大約有七八個。

許俊成就有些緊張，悄悄問道：「周董，會不會又是來找我們店麻煩的？」

魏海洪笑笑道：「應該不是。這樣吧，許總，你上去看看，如果是找你們店麻煩的，就馬上打電話來，我們再做決定。」

許俊成當即點點頭，回轉身上了電梯。

魏海洪又說道：「我們還是到外面去吧，堵在這兒也沒意思。」

一行人來到百貨大樓外，因爲來的時候，他們乘坐的車已經讓警衛載老爺子和老李回去了，他們這時候並沒有車。

李爲掏出手機打電話叫車來，反正這會兒也不急著走，還在等許俊成的電話。

幾個人沒待到五分鐘，許俊成的電話就打過來了。

周宣一接通，便聽到許俊成喜悅的聲音說道：

「周董……不是找我們的，是……是檢查周大興的！」

周宣當即掛了電話，對魏海洪笑笑道：「洪哥，事情解決了，這些人是衝著周大興來的！」

李爲叫來的車是朋友的，來得很快，是一輛九人坐的麵包車，開車的人顯然是認識李爲的，三十來歲的中年男子，下車很恭敬地叫了一聲：「三哥！」然後拉開車門請他們上車。

上了車，在車裏，李爲就瞧見周開倫和跟他一起的一個男子匆匆走出百貨大廈的大門，另外那個男子到停車場取車。

周開倫的樣子很惱火，臉色也很難堪，掏出手機撥打著電話。

因爲司機還沒開車，而他們的位置與百貨大樓大門口的距離不算遠，而周宣現在冰氣能達到的距離已經能及到五十米的範圍，他們現在距離百貨大樓還不到五十米，所以周宣的冰氣很輕鬆就達到了。

周宣自然是毫不客氣地把周開倫手機內的一個關鍵零件轉化成黃金吸收掉了，周開倫正在撥打著電話，本來正在撥通中，卻忽然斷了。

周開倫很惱火，把手機拿到眼前一瞧，螢幕上顯示沒有信號，又按了幾下，仍然撥不出，氣得啪的一下把手機給摔了！

周開倫的動作讓在門口的保安嚇了一跳。不過，這保安顯然是認識周開倫的，趕緊挨近

了討好地問道：「周總，要打電話嗎？我的手機可以用！」

周開倫本能的一伸手，卻當即又擺了擺手，說道：「不用了！」因爲他的電話號碼都存在他的手機裏面，沒有了自己的手機，一個號碼他都記不住，包括他自己的號碼！

李爲在車裏也正盯著周開倫，他沒說話，那司機也沒有開車。

周宣冰氣仍停留在周開倫身上，把他手機弄報廢了之後，更是不客氣地又動了手腳。

周開倫正生著氣，忽然間，身上的衣服從肩上滑落，更讓他難堪的是，自己身上的內衣也不見了，緊接著，褲子也掉了下去。

周開倫怔了怔，「啊喲」一聲，趕緊彎腰想拽住褲子，但卻一下子傻了眼，因爲褲子眼看著就碎成了幾片，落成了好幾片不完整的布。

今天可是大雪天啊，零下十幾二十度的低溫，周開倫除了手中提著的幾片布，身上就只剩下一條三角內褲，站在大門口又是發怔，又是發抖！

這個地方可是東城區人流最龐大的百貨區的大門口，人來人往的何其多？頓時，進進出出的男女老少都愣住了，無不拿眼神盯著周開倫，進而爆發出震耳欲聾的笑聲來！

那保安此時也不知道如何是好，再想拍馬屁，也不能把身上的制服脫下來給他啊，再說，這麼冷的天，自己脫了可受不了。

看著周開倫的醜樣，李爲和魏海洪都瞧得呵呵大笑，周宣卻是把傅盈的頭摟在自己懷中不讓她瞧見。看到這樣的好戲，李爲也不催著司機開車走，大家就這樣盯著。

周開倫又羞又惱，從來沒遇到過這樣的糗事，一時不知所措，心裏罵著，回去後，一定要去找他經常光顧的那家服裝店算賬，平時賺了他不少錢，卻給了他這麼劣質的貨！

好在取車的開了車過來，是一輛賓士S600，因爲下了大雪，周開倫並沒有自己開車過來，而是要司機開了公司的車。

那司機把車停好在門前的路邊，趕緊下車跑過來，把身上的外套脫下來披在周開倫身上。

周開倫哪裡還再作停留，當即一溜煙往車邊跑去，只是一抬腿，鞋子底又掉了，一雙鞋掌很可笑地露在外面，襪子也是爛得碎碎的，這又引得圍觀的人一陣大笑。

周開倫羞惱地伸手拉住賓士的車門把用力，沒想到，車門在被打開的同時，卻是整個門都跌落了下來！

跌落下來的車門正砸在了周開倫伸上去的右腳趾上，他「啊喲」一聲大叫，大腳趾上立刻鮮血直流！周開倫也顧不得其他，一貓腰鑽進車裏，坐在座位上才捂著腳呼痛！

第一二三章 人外有人

周宣便明白，那個「周大興」的日子恐怕是難過了。
究其原因，還是敗在繼承人周開倫的手上。
所以說，為人還是低調一些好，這天外有天，人上有人的，
弄不好得罪一個得罪不起的人，你的好日子就到頭了。

這個情形真是令人又吃驚又好笑，那司機也驚呆了！

難道周開倫氣惱之下力氣會那麼大？一把把車門都拉掉了?!想來真是不可思議，但事情卻就這樣清晰地發生了！

周開倫一邊叫痛一邊又喝道：「混蛋，還不快開車？」

那司機這才醒悟過來，車門也顧不得要了，趕緊跑回駕駛位，扭動車鑰匙發動了車。

當車緩慢開動後，更令人吃驚和好笑的一幕又發生了！

賓士車的車後輪竟然骨轆轆地離開車身，滾落到路邊。而賓士車身則是一偏，因爲正是周開倫坐著的那一邊後輪脫落，周開倫甚至差一點也從車上滾落出來，此刻，他只有一雙手強撐在門裏面，極是狼狽。

車是不能開了，周開倫簡直是惱怒到了極點，坐在車裏叫道：「還不快叫車來？」

不遠處的周宣淡淡道：「開車吧，像周開倫這樣的人就應該受點教訓，不知天高地厚的人！」

李爲趕緊揮揮手，那司機立即發動了車。

魏海洪說道：「先到我那兒吧，兩位老爺子都過去了，還有話跟我兄弟說。」

車開動中，李爲從車外的照後鏡裏瞧著周開倫的難堪樣，忽然間想到，車輪胎壞了的事情最近發生了好幾次，第一次是吳建國的車，第二次是上官明月的車，第三次，就是這個周開倫的車了！

而每一次發生這樣的事，都有周宣在場，難道這事與周宣有關？

如果是別的人，李爲自然不會生出這樣的聯想，但李爲卻無法忽略周宣，因爲周宣在他面前顯露了太多的稀奇魔術，這個輪胎的事雖然古怪，但只有周宣的嫌疑最大！

當然，在這三次事件中，李爲都清楚地見到，周宣根本就沒下過車，離對方的車也有一段距離，壓根兒就不可能碰到對方的車。按道理來講，說是周宣搞破壞，那完全是不可能的事，但在李爲主觀看來，在周宣身上沒有什麼不可能的事！

因爲車上還有一個外人，就是那名司機，所以李爲沒有出聲問周宣，只是悶頭自己想著。

司機把車開到了魏海洪指定的地方，等他們下了車後，便一聲不響地又開車離開。這已經是魏海洪住宅社區的門口，保安當然認識魏海洪，趕緊從崗亭裏迎了出來。

別墅的大門口，老爺子的警衛早就等候著，見幾個人一到便趕緊迎上來。

兩位老爺子正坐在客廳裏喝茶，周宣幾個人一到，就招手讓他坐下說話。

「老爺子，事情應該是解決了，我們離開的時候，工商部門的人就已經找上周大興的店面了，謝謝老爺子的幫助！」

周宣沒有對魏海洪說謝字，因爲魏海洪跟他關係太好，說謝字太見外，對老爺子就得恭敬些。

老爺子擺擺手，說道：「謝什麼，說實話，老頭子我的命也是你給的，幫你是應該的，但做得好像交易一樣就太沒意思。我想我們跟小周不應該是那種關係，而且我也相信，小周是一個正直的人，所以我們的關係應該像一家人那樣！」

周宣笑笑道：「那好，老爺子，那我就不說了！」

「你不說。我有事要問你！」李爲拉了周宣的手，低聲道：「你跟我到隔壁房間，我有件私事要跟你說！」

「鬼鬼祟祟的，別理他！」老李對周宣說著，又把李爲訓斥了一句。

周宣不知道李爲的用意是什麼，但瞧他這神神秘秘的樣子，猜想是與自己玩的那幾手魔術有關，只是他怎麼也沒想到，李爲居然瞧出這幾次的輪胎事件與他有關來。

老爺子以前從不在魏海洪這兒待太久的，自從周宣在這兒給他治好了絕症之後，他就經常與周宣見見面，聊聊天，如今倒是把魏海洪這兒當成了久居之地，大兒子二兒子的住處，反是極少過去了。

周宣自然就順水推舟坐在客廳裏，李爲也就不好再把周宣拖到隔壁去追根問底了。

老李也不多說，從周宣給他治好病這段時間以來，除了晚上回去睡覺，他在魏海洪這兒待的時間，比在自己家中的時間更長。兒子李雷也習慣了，早上派車送，晚上又派車接，老李還有專門的警衛守護著，在老爺子這邊也是一樣的待遇，自然不會出什麼事。

剛才的事對一般人來說，是關乎生命的大事，但對老爺子、魏海洪這種層級的人來說，只是芝麻小事，用不著出聲，只要示意一下，便會有人來出頭辦理，更別說老爺子還親自找人打了電話關照下去。

就從這一點來看，周宣便明白，那個「周大興」的日子恐怕是難過了。究其原因，還是敗在繼承人周開倫的手上。所以說，爲人還是低調一些好，賺錢是好事，但應該賺的賺，昧心錢還是不要賺的好。這天外有天，人上有人的，弄不好得罪一個得罪不起的人，你的好日子就到頭了。

周宣的事，老李今天一直在場，基本上也瞧了個明白。就是別的商家爲吞併他們而做的手腳。像這種事，哪邊有理哪邊無理不重要，關鍵是看對手各自處在什麼位置。如果周宣後台不夠硬，那他就只有被吞併的命運，但他背後站的是自己和老魏，那他們自然不能袖手旁觀。再說了，周開倫做的的確是不上道。

不過，今天所有的事都被老魏這個老上級辦了，也沒輪到他說話。當然，不是說他非得辦什麼，只是人家小周救了他這條老命，但卻從沒開口要求他什麼，欠了這麼一個天大的人情，像他這種身分，心裏又如何能安心？

周宣哪裡想得到老李想這麼多？笑笑說道：

「兩位老爺子，趁著現在有空，我再給你們瞧瞧，看看你們的身體完全復原沒有！」

也不需要單獨到別的房間，周宣本可以就這樣用冰氣不知不覺地探測，但他還是伸了手，輕輕搭在老爺子的手脈上，如他所想，老爺子身體好得很，也很正常。

然後再測了測老李，他身體裏已再沒有任何遺留的彈片，腦子裏的腫瘤也完全消失。周宣收回手，笑笑道：

「兩位老人家的身體都健康得很，比我預想的還要好！」

李爲只是想找周宣單獨說說那些事，但周宣不給他機會，讓李爲無可奈何。

此刻，電視中正播著「周大興」的廣告。廣告上是一個目前正當紅的一線國內女明星。

說實話，「周大興」的廣告確實做得不錯，一直以來，「周大興」的品牌形象還是不錯的。但周開倫可能沒有意識到，與權貴交好能安穩地賺錢，但得罪了權貴，站得再高也能讓他栽倒。

老李皺了皺眉頭，擺擺手道：「把電視關了吧，瞧著這個周大興就有點鬧心！」

「呵呵，一個小丑，不懂事的莽小子，有什麼好計較的！」

老爺子一笑帶過，事實上，在他跟老李這樣身分的人看來，在這個話題上繼續糾纏是極沒意義的，要治「周大興」，還不跟捏死個螞蟻一樣，根本沒必要拿到檯面上多說。

魏海洪也笑笑說：「李叔，您就別煩心了，這事我來處理，放心吧，王嫂買了些素菜，煲了粥，等一下就好！」

周宣也不客氣，傅盈自然是不會說什麼。一屋子的老少，就她一個女孩子，只是沒什麼趣味，坐了一陣，手機響了，瞧了瞧是婆婆金秀梅打過來的電話。

周宣笑了笑，道：「接吧，不知道我媽又要說什麼了！」

傅盈當即走到一邊，接通了電話小聲地說了幾句，回轉過來後，對周宣道：「是媽媽打過來的。說是有一款新樣式的傢俱她挺喜歡，要我過去瞧瞧，如果喜歡就定下來！」

「這個……」周宣想了想，便道：「盈盈，要不，你回去跟媽一起看看吧，我陪陪老爺子他們，等一下再跟洪哥商量一下，看看我們珠寶公司的事怎麼辦。」

傅盈點了點頭，在這個事上面，她不會跟周宣亂摻乎，而且她擔心的魏曉晴也不在，在老爺子這兒，總是不能落了周宣的面子的。

魏海洪當即又叫了阿昌過來，開車送傅盈回去。傅盈也沒反對，由得魏海洪的安排。

傅盈走後，老爺子笑呵呵地叫魏海洪把象棋擺出來，要跟老李來兩局，老李也不示弱，笑道：「論經歷，你是老上級，是我的上司，可說到象棋，這我可不能認輸！」

「呵呵，嘴上說什麼也不如手底下見過真章！」老爺子笑呵呵地說著。

瞧著兩位年逾古稀的老爺子互不示弱的樣子，魏海洪和周宣都有些好笑，只有李爲說道：「爺爺，以前你可是下不過魏爺爺的！」

老李惱道：「混小子，滾一邊去！」

一盤棋後，老李還真輸了，李爲在一邊又道：

「爺爺，你看是不是，我可沒說錯吧！」

老李直哼哼，然後說道：「把李雷給我叫過來，得好好教訓教訓他！」

「我爸不在這兒啊，他怎麼惹著你了？」李爲有些詫異，爺爺生氣吧，怎麼生到他爸爸頭了？再說與他也無關嘛！

老李氣呼呼地道：「誰教他兒子不爭氣！我不管孫子，我管我兒子！」

幾句話把在坐幾個人都逗笑了，只有李爲不敢笑，他天不怕地不怕，就怕他老子，要是爺爺把李雷硬是要叫過來，那最後吃虧遭殃的還不是他？誰叫他在這兒是孫子呢！

又兩盤棋下來，老李一輸一贏，總算是扳回了一局，臉上也有了幾分面子，還要再戰下去，王嫂飯菜已經做好擺上來了。

粥還不錯，周宣陪著兩位老人家喝了一碗，菜都是些素菜，適合老爺子和老李的胃口。

吃到一半的時候，讓周宣意料不到的是，魏曉晴居然來了！

很久沒見到她了，她穿著素淨的牛仔衣褲，白球鞋，很純很真的樣子，只是臉蛋瘦了些。

魏海洪和老爺子都是怔了怔，還沒說話，魏曉晴自己便道：

「爺爺，小叔，我……是來找周宣的！」

周宣還真是很尷尬，有點手足無措的樣子，心裏暗自慶幸傅盈走得真是巧，雖然自己肯定不會跟魏曉晴發生什麼，但如果這樣見了面，總是會讓她很不開心，感情上的事，誰都是自私的，傅盈再大度，在這個事情上，她可是一點兒也不想讓步的。

「你……找我有什麼事？」周宣頓了頓才問道。

魏曉晴停了停才回答道：「你到客廳來，我跟你說！」說著，先轉身走出了餐廳。

李爲趕緊放下了碗，說道：「曉晴妹子，我也有事跟他說，飯吃飽了，一齊說，正好！」

魏海洪卻伸手按住了李爲，低聲道：「李爲，坐著，別瞎摻和！」

李爲只是嘀咕著，但瞧見老李也瞪著他，趕緊低了頭，本想趁這個機會跟周宣說說魔術方面的事，看來又不行了。

周宣跟著魏曉晴走到客廳裏，呆了呆，然後才道：「坐，坐吧！」

魏曉晴咬著唇，過了一會兒才回答：「這是我小叔家，跟我自己家一樣！」

周宣訕訕地不知道說什麼好，對魏曉晴又有些不忍心，人家一個嬌滴滴的公主一般的人對他那般傾心，而老爺子和洪哥對他也是像自家人一樣，奈何自己一顆心全繫在了傅盈身上，也無他法可想。

要是他跟魏曉晴好，對傅盈做這麼殘忍的事，他是無論如何都不能原諒自己的。

不過，周宣也得承認，魏曉晴是個好女孩，身分高貴，跟盈盈也有不相上下的美麗，對他也是一樣的傾心，要說都是他自己不好，也不知道怎麼就跟魏曉晴到了這種程度，應該不是在美國，而是在洛陽的天坑洞底的時候，她愛上自己的吧，但說到頭，自己在那種情況下，無論如何也不會拋下她不管啊。

魏曉晴待了一陣，又瞧了瞧周宣，然後小聲說道：

「你……陪我出去逛一逛好嗎？」

「這個……」

周宣有些爲難，盯著魏曉晴的臉，見她臉色頓時黯淡下去，心裏又極不忍心，當即說道：「好吧，就走走吧，不過天黑前我得回去！」

魏曉晴一喜，點點頭道：「行，還有……」說著伸出手道：「把你身上的東西全部拿出來給我！」

周宣不明白她的意思，但魏曉晴肯定不會要他的東西，就算要，除了他本人，錢財物質他都不會反對，只要能滿足魏曉晴，他還真願意付出，以此來彌補一下愧對魏曉晴的心。

周宣想也不想地把身上的東西都掏了出來，皮夾裏有身分證件、銀行卡片、現金及手機。魏曉晴身上沒有帶這些，只有一個皮包，然後從周宣的皮夾裏取了一張一百元的鈔票拿到手中，又把周宣的皮夾和手機放到她的包包裏面，說道：

「我們身上的東西都不帶，就逛逛街，把你的一百塊錢花光就回來，算你請我的，好不好？」

「隨便你，不過要我請你，那多帶點錢行不行？」

周宣心想：一百塊錢有什麼用？當真只夠在大街上買點小吃飲料吧，要幹點別的可都不夠。

魏曉晴把包包放到電視機旁邊的臺子上，拿著一百塊錢又道：「一百塊錢就好，如果你願意，可以一下子花掉它，錢用完我們就回來！」

周宣笑了笑，心想：魏曉晴啊魏曉晴，就算自己再無情，也還不至於如此吧，不管這一百塊錢怎麼用，都打算陪著她好好逛一下午。

出去的時候，魏海洪和老爺子的表情都有些奇怪，不過卻都是忍著沒說話，李爲想要說什麼，但魏海洪卻伸手抓住了他，不讓李爲跟周宣出去。

大雪還在繼續飄著，天氣乾冷，但景色卻是很漂亮。

魏曉晴一邊走，一邊伸著雙手接著天空中飄落的雪花，想瞧清楚，但雪花落到手中卻是很快就化成了水滴。

打小在書本上就知道雪花是六角形的，很漂亮，但周宣還真是從來沒有仔細瞧過這雪花，小的時候，跟同伴一起滾雪人，打雪仗，做的事多了，但就是沒有仔細瞧瞧雪花的形狀。

魏曉晴似乎是很想瞧清楚，但每一片雪花落到她手中都很快化成了水滴，路邊積墊得厚厚的雪卻又瞧不清楚。

周宣在後邊慢慢跟著，魏曉晴此刻天真得像個小女孩子，瞧著她天真無邪的笑容，這一刻，周宣才感覺到魏曉晴的心情。

周宣見雪越下越大，自己和魏曉晴身上頭上都積了不少雪，便道：

「曉晴，我們到那邊市場或者是百貨商店去好嗎？」

「不去！」魏曉晴很乾脆地回答著，隨即又回過頭來，臉上有一種淡淡的憂傷，望著天空中的雪花，靜了片刻才說道：

「我真不想長大，要是永遠都不長大，永遠都是孩子，那該有多好！」

望著雪花出神了一陣，魏曉晴又幽幽地道：

「要是永遠都不長大，永遠都是孩子，那就不會去喜歡人，不會去擔心，不會去害怕，不會有這麼多的煩心事了！」

說得也是，周宣現在也很懷念小時候的時光，但在小時候，又有哪個小孩子不夢想著一夜長大呢？

雪是越下越大，可魏曉晴卻仍是沉迷在大雪中。

周宣皺了皺眉，幾步走到她身邊，拉起了她的手。魏曉晴的手冰冰涼涼，跟冰塊一樣，臉蛋也凍得通紅。

周宣的手一直是插在衣袋裏的，有溫度，這時見魏曉晴如此不顧及自己的身體，有些惱火，拖著她往街邊的市場裏跑去。到街邊的階梯上後，雪花便落不到身上，周宣這才用雙手輕輕揉著她冰冷的手。

魏曉晴偏著頭望著周宣，也沒有抽回她的手，只是嘆了口氣，然後才說道：

「周宣，我很想不理你，很想就這麼忘記你，可就是忘不了你，明知道你給不了我要的，可我還是忍不住地想你。你說，我要怎麼辦？」

周宣一怔，頓時鬆開了她的手，猶豫了半晌才回答道：「曉晴，你知道的！」

「我不知道，我不知道，我就是不知道！」

魏曉晴忽然捂著臉叫了起來，情緒很是激動！

過路的行人都瞧了過來，周宣很尷尬，趕緊把魏曉晴又拉著往另一條巷子走去。

主要是魏曉晴太漂亮，行人中的男人們都有很不服氣的念頭。男人通常都喜歡在漂亮女孩子面前表現一下，這個時候，自然是要強烈鄙視一下周宣，讓這麼漂亮的女孩子傷心，無論有什麼原因，那都是男人的不對。

周宣拉著魏曉晴跑進去的巷子是一條小吃街，街道不寬，兩邊林立著各式各樣的小吃店，還真是走對地方了！

這些小吃，兩個人要吃飽，五十塊錢都用不完，又好吃又便宜，不比高檔餐廳，一百塊錢，連打底都不夠。

「曉晴，要吃什麼？這些東西很便宜，而且又很好吃！」周宣指著這些店面問魏曉晴。

「我什麼都不想吃，只想逛逛，走一走！」

周宣有些無奈，大雪茫茫的，又冷又凍，又沒帶錢，這大街有什麼好逛的？更主要的是他沒那個心情，因為他絕不可能背叛盈盈，所以，在雪地裏散步這件浪漫的事，他做起來就沒有什麼意義了。

再走了幾分鐘，轉過這個街的彎道處就是一個很大的菜市場，一條六七米寬的人行通道，買菜的人進進出出的，進出口的地方有七八個人圍著，一些人蹲著，一些人站著，圍了一個圈子。

魏曉晴拉著周宣道：「過去瞧瞧！」

從人群中擠到前邊，周宣一看，原來是一夥人在賭錢。

這種賭博就純粹是騙錢了，與其他玩法不同，這些人通常是一夥人一起，多有十幾個，少也有七八個，有做局的，有在一旁拿著錢，裝作玩家下注的，還有前後放哨站崗的，如果發現有警察來了，就趕緊打信號出來，這些人就會一哄而散，或者是收了東西裝作什麼事都沒有一般，只等警察一走就又開始繼續。

這樣的騙局，周宣見得多了，在南方，通常一些市場和小巷街頭，這種騙子最多。他們的手法也不多高，一般就是用兩個小蓋子，再隨便用些小東西作道具，比如瓜子，花生粒或者錢幣什麼的，像瓜子和花生粒基本上就是有六七粒，數目不會太多，用蓋子一蓋，猜單雙。

很簡單，而且騙子在用蓋子蓋的時候，動作會做得很慢，讓旁邊的人儘量看得很清楚，這樣才會讓圍觀的人覺得是百分之百贏錢，也才會讓他們忍不住下注。

而莊家一般會有各種各樣的手段。如果是他們自己人下注的話，就會直接讓他們輕鬆地把錢贏走，這種直白的引誘方法，也極能讓圍觀的人群禁不住誘惑而下注。

不過，這樣的騙局太多了，也太老土了，只有混得最差的混混才還幹這樣的事。現在便衣員警也很多，不過如果是警車來，一般是抓不到他們的。他們有放哨的哨兵，在公路兩頭遠遠的見到員警或者警車過來，便會立即發出信號。

騙局老土歸老土，卻依然有那麼些才剛出來的鄉下人，或者老頭子老太太會上當。他們心裏想著，這錢這麼好賺，贏一百就夠了，也不多贏，能白撿一天或者幾天的菜錢就行，卻不知道，這一下注，多少天的菜錢都會輸出去，有的甚至會把身上所有的錢都輸光。

這些騙子主要是靠合夥集團作案，有的受騙者幾乎會當時就會發覺上當了，但騙子也會靠著人手眾多，又打又搶，沒騙到也搶到，接著就會一哄而散，回去分錢了。

周宣左右瞄了瞄，圍觀的人一共有十五六個，一半以上的人在看著，周宣估計這些人是過路者，做手法的莊家是個二十三四歲的男子，在旁邊拿著錢叫嚷著下注的有四男兩女，瞧他們互相遞眼色，鬼鬼祟祟的樣子，周宣就知道他們是一夥的。

「曉晴，走吧，沒什麼好看的！」周宣拉了魏曉晴就往人群外走，但魏曉晴扭了一下，反抓著他的手低聲道：「等一下！」

周宣以為她不知道這些人是幹什麼的，就湊過去在她耳朵邊悄悄說道：

「曉晴，這些人是騙子，一夥人有十幾個，不要惹這些人，在這賭錢沒辦法贏的！」

周宣說這話時根本就沒注意到，自己的嘴就觸在魏曉晴的耳朵上，魏曉晴剎時間臉緋紅一片，耳朵發燙。

周宣說完就要拉魏曉晴走，但魏曉晴依然掙扎著不走，周宣奇怪地瞧著她。

魏曉晴的眼光正瞧著一個下注的人，這個人是個六十多歲的老頭子，哆哆嗦嗦地從內衣裏面取出一個小包，從裏面抽出一張百元鈔票，不過還沒有下注，正看著地上的蓋子。

旁邊那兩個年輕女子揚著手裏的鈔票說道：「大爺，怎麼不玩啊，你看我們已經贏了一千多了，很好贏的，要不，你跟著我們下！」

老頭子瞧了半天，實在忍不住了，才從身上摸出錢來，但還在盡力忍著。

做莊玩蓋子的那個男子的手機響了，一邊掏手機，一邊把蓋子往四粒花生粒上面蓋著，接著就側頭打起了電話。

那兩個女子對老頭道：「大爺，趕緊下趕緊下，這是四顆，雙數，趕緊下趕緊下，機會錯過就沒了！」說著她自己下了兩百塊，另外一個女子下了三百塊！

老頭子很是心動，又瞧著那莊家都轉過去打著電話，想下又不敢下的。

接著，那莊家就掛了電話轉過頭來，問道：「下好注沒有？我開了啊！」

老頭子見莊家並沒有要重新來蓋蓋子，當即伸手攔著道：

「等等等，我下…我下下……下一百塊！」

那個男人點頭笑呵呵地道：「好啊，下注下注，下得多，贏得多！」

老頭子慌不迭地下了一百塊，然後兩眼睜得大大地盯著地上的兩個蓋子。

周宣這時已經把冰氣運了起來，冰氣在蓋子中一探，馬上就明白，這兩個蓋子上都沒有機關，機關在蓋子裏的花生粒上面，在另一個蓋子裏的那些沒有用上的花生粒中，一共是七顆，其中有三顆花生粒裏面塞了鐵絲，花生粒外面是做好的，外表上是看不出來什麼的。

而剛剛讓人下注的那個蓋子裏，四顆花生粒中間，有一顆是中間塞了鐵絲的。那個莊家右心裏面藏了一塊很小的磁鐵，機關就在這兒了！

如果有人上當，看準數目下了注後，通常在下注的蓋子裏，莊家會弄一顆塞有鐵絲的花生粒，不論下的是單雙，莊家都會用手心裏的磁鐵，把花生粒吸起一顆沾在蓋子頂，結果下面的花生粒數目就會改變了，無論如何，下注的人都會輸。

當然，如果沒有外人下注，下注的人就只有他們自己的托時，莊家就不會使用磁鐵，要動用機關，那只有在有外人下注的時候才會使用。周宣毫不猶豫地用冰氣轉化了花生粒中間的鐵絲，然後吸收掉，不過，他沒有轉化另一個蓋子下面的那些。

那幾個托兒相互笑著，老頭子十分緊張，手捏得緊緊的。

這一夥人各是一種想法，騙子們是想著這個老頭子被拉下水了，而老頭子想著的則是要贏一百塊錢了。好賭，忍不住又控制不住的人，都是這種想法。

魏曉晴心裏則是想著，這個老頭子準備要上當了，這一百塊不用想，結果只能是輸。

只有周宣不這樣想，但他不知道如果老頭子贏了錢的話，這些人會不會爽快地把錢給他，無論如何，總要把本錢退給老頭吧。不過，周宣自己對自己的想法也有點無奈。

因爲周宣明白，這樣的騙子從來不會講原則，講道義。來這樣的地方設局擺攤就是爲了騙人，騙不到的時候，他們就是搶也要搶走的。

魏曉晴是個嬌滴滴的女孩子，這夥騙子可是有十幾個，打起來的話，周宣沒有半分把握能讓她不受傷害，如果換成是傅盈的話，那就好辦了，拳打腳踢，這些潑皮不在話下。

那莊家笑呵呵地道：「開了，開了，大家看好了！」說著把右手掌心朝下放到蓋子上，他手心的磁鐵是用強力膠黏在掌心的，只要防止人家看到就行了。

不過一般下注的外人，眼睛都是死盯著蓋子的，而不是他的手，所以基本上不會有人發覺。

那莊家一邊說著開了的話，一邊揭開蓋子。

在他和他的同夥心中肯定都是想著，花生粒只有三顆了，這些手法，他們已經玩過成千上萬遍了，絕不會出差錯！

蓋子揭開了，絕大多數人，包括魏曉晴都不敢相信！

蓋子下面的花生粒還是四粒，如同一開始老頭所看到的那樣，沒有絲毫變化！老頭子狂

喜不已，直叫道：「我贏了我贏了！」

那莊家跟他的同夥們都愣了，似乎有些不相信，但蓋子下面的花生粒確確實實是四粒，沒有變化，難道是他弄錯了？沒有把有鐵絲的花生粒撿出來？

應該不會錯啊，他在做道具的時候就是有準備的，塞了鐵絲在內的花生粒是乳白色的，沒有鐵絲的純花生粒是紅色的，下注的人只會數顆粒數，而不會去觀注花生粒的顏色，而面前的這四粒花生粒，三紅一白，根本沒有錯啊！

到底是哪裡出錯了？

第一二四章

雙姝怨

原來自己竟然對這個周宣情根深重！

睜眼閉眼都是周宣的面孔浮現在腦子中，無法拋開也無法擺脫。

魏曉雨惱怒的是，以她和妹妹曉晴這種身分和相貌，

居然會同時喜歡上一個不會喜歡她們的男人！

因為沒出過這種錯，所以那莊家一時沒有反應過來，好半天，老頭子都在叫嚷著，「我贏了，賠錢來啊！」

此時，四男二女六個托都拿眼瞧著那做莊的男子，周宣瞧得出來那些眼神中的兇狠，他們應該是在說：要不要賠？如果不賠就搶，如果賠的話，就重新設局讓老頭子下注。

那莊家當即一思索，說道：「看好看好，賠錢了賠錢了！」

他的決定還是賠錢，因為在旁邊圍觀的外人太多，如果能吸引到更多的人下注，結果就會更好，但如果現在就收手，那就只能明搶了。但明搶的話，危險性還是大得多，下注的人有百分之九十以上的可能會報警，如果是用手法讓他們輸錢，那就好說得多。雖然是騙，但贏錢和搶錢可是兩種概念了。

他們也是老手，如果被抓到的話，只要死命咬緊牙關不吐露其他案子，僅僅憑騙錢的話，抓到了，最多就關個十天半個月就會放出來，但如果是搶錢被抓的話，哪怕查不到其他案子，就這麼一樁，那也能被判刑了！

老頭子笑呵呵地接過錢，這時，旁邊看的人有幾個也開始動心了，看樣子老頭不可能跟他們是一夥的吧。

感到最奇怪的是魏曉晴，她在想，難道這些人腦子有問題？以她的印象來說，這種騙子實在太常見了，就沒一個會是把錢送出去的，只有騙回來的份兒啊！

老頭子手裏捏著錢，先是把自己的那一百塊錢塞進自己的內衣袋裏，旁邊那幾個托兒一直注意著他，只要老頭沒想走就好，只要還留在這裏賭，那就有機會把他的錢弄回來，可如果老頭子贏了錢直接就收手走人的話，他們也會湧上前搶了他就跑！

那莊家把右手壓在蓋子上，試了試另外幾顆白色的花生粒，確定是有鐵絲，而且可以用磁鐵吸起了花生粒後，這才挑了一顆出來。

當然，這些手法沒有人能看出來，他只是另外數了四顆花生粒出來，確定以後，又拿著蓋子準備蓋上，卻在這個時候，他左手捂著眼睛，惱道：「眼睛裏進沙子了！」

莊家一邊揉著眼睛，一邊把蓋子蓋到那四顆花生粒上面，然後更加使勁地揉著眼睛。

老頭子看得仔細，趕緊把手裏的一百塊放到蓋子邊上，這時六個托也趕緊下著注，人群中又有另外兩個人也下了注，這兩個人一人下了五十。

莊家終於揉完了眼睛，然後大聲說道：「下注下注，下完注就要開了，還有下注的沒有？」

這個注就是一邊倒的注，看著的人都不是瞎子，清清楚楚只有四顆花生粒！

這一把那莊家也是檢查過的，認爲絕不可能再出錯了。當然，周宣在他蓋上蓋子後就用冰氣又轉化了花生裏面的鐵絲並吸收掉，這顆白色的花生粒又變成了跟紅色的花生粒一樣的。

莊家大聲叫嚷地問道：

「還有沒有人下注？沒有就開了，開了啊！」

說著，把右手壓在蓋子上，碰鐵緊緊貼在蓋子上邊，說道：「開了！」揭開蓋子後，卻不禁又傻了！

蓋子下面的花生粒仍然是四粒！

那六個同夥也都是呆住了，而另外下注的那兩個人和老頭卻又是歡天喜地叫了起來：

「贏了贏了，又贏了！」

這一次，連魏曉晴都想不清是怎麼回事了！

那莊家愣了一陣，瞧著老頭和另外兩個人都伸手等著賠錢，眉毛一豎，站起來就怒道：

「賠你××啊，兄弟們動手！」

說著這話時，他自己一把把地上下注的錢全部拿到了自己手中，另外那幾個托卻是把老頭夾住，就從他內衣袋裏把那個包包硬生生給搶了出來，拿到手裏感覺到，至少有兩三千的樣子！

周宣一急，不知道該怎麼辦，如果不把這些人弄殘廢，那他是沒有辦法跟他們硬拚硬打的，卻不曾想到，旁邊的魏曉晴一閃身便一腳踢倒一個，順手又打倒兩個，從搶錢的那個人手中把布包奪了過來！

周宣還在發愣之中時，就聽到人群中有無數人叫道：

「不准動，警察！」

周宣趕緊拉過魏曉晴，說道：「曉晴，扔掉那個包包，我們走！」

但卻有五六個人上前圍住了他跟魏曉晴，其中兩個一把就將周宣按倒在地，另外三個想按住魏曉晴，但魏曉晴一動手反將這三個人全部打倒，怎麼動的手，旁邊的人都沒看清！

但同時，又有六七個人掏出手槍對準了她，喝道：「警察，不准動！」

魏曉晴瞧了瞧正被警察銬起來的周宣，笑了笑就放棄了反抗的動作，隨即被員警將她跟周宣銬在了一起。一人左手，一人右手，兩人一副手銬。

因爲魏曉晴出人意料的身手，伏擊的員警被她一個人打倒了接近一半，間接導致了原本要抓的一夥騙子反給逃走了，在場的六個托和那個開莊的男子一共七個人，只有兩個人被抓住，兩個人中一個是女子，一個就是那開莊的男子。

那個男子跟女托共銬了一副手銬，周宣則跟魏曉晴一副，那兩個人被逮後，都低了頭不說話，顯然是老手，早經歷過這種情況。

只有周宣叫著：「警察先生，你們搞錯了，我們不是他們一夥的！」

其中一個沉聲道：「是不是一夥的不是由你說了算，跟我們回去調查！」說著又瞧了瞧魏曉晴，對這個漂亮到極點的女孩子極爲好奇！

要知道，他們可都是刑警，每天都在練身體練搏鬥，不說一個人能打十幾個，怎麼也能對付三四個普通的壯漢。但魏曉晴卻是極爲輕鬆就打倒了他們六七個人，如果說打倒一個，還有可能是湊巧，但接連打倒六七個人，這能是湊巧嗎？

被魏曉晴打倒的六七個人這時候也都爬起身來，一邊揉著疼痛的胳膊手腕，一邊詫異地盯著魏曉晴。

最先被打倒的那兩個人是瞧著魏曉晴太漂亮了，沒想到騙子一夥人中，會有這麼漂亮的女孩子，又可惜又想趁機占點手腳便宜，沒想到還沒動手，反而被這個漂亮女孩子打倒了，而後面幾個便衣警察卻是因爲見到同夥被打而驚訝地撲了上去，結果卻依然是一樣的。

周宣說著被冤枉的話，這些便衣員警自然不會在這個時候理他，在沒有弄清楚真相之前，他們是不可能放他走的。

周宣和魏曉晴被推推搡搡地押出市場，市場口外停了一輛十二人座的麵包車和一輛警車。

接下來，周宣和魏曉晴以及那兩個一男一女的騙子就給押上了麵包車，坐在了麵包車的後面。

前邊坐了五名便衣員警，包括開車的司機。

周宣和魏曉晴坐在最後邊，在他倆前一排就是那一男一女的騙子，那個男的回頭瞄了瞄魏曉晴，呵呵笑了笑，道：「喲，真漂亮！」

魏曉晴想也不想，伸手就給他一拳，那個男子甚至都沒機會躲開，「哎喲」一聲，周宣還聽到「喀嚓」的骨頭碎裂聲，接著便看到那男子一臉鮮血淋漓！

前邊的員警都是一呆，趕緊喝道：「幹什麼幹什麼？都給我老實點！」

魏曉晴淡淡道：「你們也看到了啊，是他自己想來調戲人，挨打活該！」

說實話，這些便衣員警現在對魏曉晴真有些忌憚，她太囂張了，可從來沒見過被員警逮住了還這麼囂張的。

那個騙子男子捂著臉直呼痛，但前邊的便衣們都狠狠地盯著他，雖然痛，但也不敢大聲叫喚，另外一個女子嚇得臉也青了。

周宣怔了半晌，瞧著魏曉晴嬌嫩漂亮的臉蛋，忽然恍然大悟地道：

「你……你是魏曉雨？你不是曉晴！」

周宣這才省悟過來，一開始在魏海洪家中時，就覺得老爺子和洪哥的表情有些奇怪，想必他們是認得出魏曉晴和魏曉雨的，只有自己被蒙在了鼓中。

不過，也怪不得周宣分辨不出來，魏曉晴兩姐妹確實長得一模一樣，可能有細微的地方有些區別，但周宣並不知道這些區別，而且，魏曉雨出現的時候，從來沒穿過其他衣服，只穿軍裝。

周宣在她第一次動手打倒幾個便衣員警後先有些發怔，在她第二次打倒四五個員警後就開始質疑了，現在，她又在車上一拳把那個騙子打得鮮血直流，他這才省悟過來！

但周宣實在不敢相信，魏曉雨對他從來都是瞧不起的粗暴模樣，怎麼會跟他一起含情脈脈地逛街看雪景？又怎麼會任由他拖著她的小手？這在周宣的想像中，那是絕不可能發生的事情！

但不可能歸不可能，事實歸事實！

面前的事實又讓周宣不得不懷疑，這個女孩子不是魏曉晴而是魏曉雨，也只有魏曉雨才有這麼兇悍的身手吧？

他認識魏曉晴的時間不算短，周宣很明白魏曉晴的能力，要有這麼強的身手的話，那她在洛陽就會跟那些人動手了，總不會讓自己的生命在別人的威脅下還忍讓吧？

魏曉雨見周宣終是認出了她，嘆了一口氣，默不作聲了。

周宣反覺得十分不自在，如果是魏曉晴，那他心裏還覺得愧對她，因爲魏曉晴確實對他真的好，但魏曉雨就不同了。

周宣對魏曉雨沒有半點好感，見魏曉雨最後一面的時候，還是魏曉雨把他帶到健身館去痛打的那一次吧？那次，周宣憑藉著冰氣超強的恢復能力把魏曉雨的力氣耗光了，這才贏了她，然後就沒見過面了，可是今天，魏曉雨這動作，這表情，只有魏曉晴才會做得出來啊！

周宣越想越糊塗。還真是昏了頭！

過了一陣，周宣忽然想到一個問題，趕緊向前邊的員警說道：

「警察先生，我有件事要說，你們應該把剛剛在現場那個受騙的老頭帶回去，我們是幫他把錢包搶回來的，他是證人！」

「別吵！」坐在後邊的一個員警回頭喝道，「吵什麼吵，我只見到你們搶錢，可沒還錢，幫什麼幫？你們這搶來搶去，不是窩裏反，就是你們是另一夥劫徒，要說等回去了慢慢說，有的是時間陪你們！」

周宣一下子愣了，這員警說得的也是，他跟魏曉雨把錢包搶過來，但還沒還給老頭就被員警動手抓了，沒來得及說！

不過周宣瞧了瞧魏曉雨，卻見魏曉雨面色如常，一點也不爲這事擔心，反而臉上有一縷淡淡的喜悅。

周宣動了動手，因爲剛剛那些便衣員警動手的時候很大力，手銬銬得很緊，齒口幾乎將手腕弄出血來了！

冰氣一動，周宣把手銬的齒輪轉化又吸收掉一部分，這樣，手腕的感覺便舒服多了。再

看看魏曉雨，她幾乎跟他是一樣的情況，但魏曉雨似乎沒有感覺一般，淡淡的喜悅過後，臉上卻浮起一縷淡淡的憂鬱。

想起以前魏曉雨的兇悍和高傲，周宣也沒有心思替她解輕手銬的意思。而且，如果用冰氣幫她把手銬轉化吸收了，魏曉雨可能就會發覺到他的奇異之處。

再說，魏曉雨是什麼身分？瞧她這個樣子，似乎是故意讓這些員警逮走的，如果只是她自己無所謂的心思，那也罷了，但現在周宣很害怕她會把他也拉到麻煩之中，雖然最終應是不會有什麼事，但自己可不想跟她糾纏在一起！

周宣想到這一點，當即伸手悄悄往衣袋裏伸去摸手機，想給洪哥打個電話，因爲周宣不怕這些便衣員警，倒是有點擔心對付不了魏曉雨。

一摸到衣袋，空空的，當即想起在魏海洪家中時，他已經被魏曉雨收走了身上的所有東西，現在不僅僅是他，包括魏曉雨，兩個人身上除了一百塊錢，就再也沒有任何東西了！

周宣呆了呆，無意識地伸手在右手腕上的手銬上弄來弄去，很輕鬆就扳開來，因爲沒有了銬齒，這副手銬幾乎就是個沒用的廢品了，再也不可能銬住任何東西。

因爲周宣是坐在裏面的，前面的便衣員警都瞧不見，但魏曉雨可以瞧見，也正盯著周宣打開的手銬，發了一下呆，然後才伸手抓到手中仔細瞧起來。

魏曉雨不禁又好氣又好笑，這些員警是怎麼搞的？這樣的瑕疵品都拿出來使用，要是對付的是窮兇極惡的要犯，那這個東西可會壞大事！

魏曉雨是個軍官，做過很多特殊任務，心裏明白，做員警這種行業的人，如果出現這樣一絲疏忽，是會讓生命受到極大的危險的！

魏曉雨有些發惱，朝著前邊說道：「你們這手銬是怎麼搞的？弄一副壞的？要是他是殺人犯，那還不跑了？」

魏曉雨這樣一說，前邊的員警們一愣，當即就有一個人躬著腰走到後邊，魏曉雨把周宣那副手銬拿過來在手中抖了抖，說道：「你看？」

周宣也是一呆，沒料到魏曉雨竟然當眾說了出來！

那個員警瞧了瞧，很是奇怪，當下又拿了一副完好的手銬出來，準備再給周宣和魏曉雨銬上。

魏曉雨伸手就奪了過來，說道：「我自己銬，用不著你來！」

說著，先把周宣的右手拖過來銬上，然後再銬上自己的左手，而那個員警又拿了鑰匙替她打開原來的那一半手銬，然後提著這副壞了一半的手銬嘀嘀咕咕走回座位上。

他的幾個同事也都互相傳遞眼神瞧著這副壞了的手銬，卻都是十分納悶，因爲手銬齒輪壞了的話，那也只會是一顆兩顆齒吧，又哪裡會是全部的齒都不見了？

而手銬的鋼材可以說是極好的，就算是用金剛砂輪磨，那也不容易磨壞，更別說是像這

般磨得平了，一點齒都不見了！

在車上，幾個便衣員警嘀咕著，後邊，那個騙子男子捂臉輕哼，臉上很痛，但卻不敢大聲叫喚。

只有魏曉雨一個人不考慮別的事，心裏老是想著事，又有些害羞。在她心裏，還是希望周宣能認出她的，可認出後，她又覺得臉上掛不住。自從上次被周宣打敗後，自己的身體都被周宣摸光了，害羞又難忘，那種滋味確實難以形容！

本來魏曉雨對周宣是完全不放在眼裏的，別說周宣，京城裏上上下下沒有一個人是她能瞧得上的，加上自己身分相貌都是最出眾的，所以即使驕傲，在她來說也是應該的！

但周宣雖然普通，卻跟別的男人不一樣，從沒把她瞧在眼中過，這也沒什麼。魏曉雨對周宣惱怒的是，妹妹曉晴對他一往情深，這傢伙卻不知好歹，以妹妹的身分和相貌，能傾心於他，那是他周宣八輩子都修不來的福氣，但可氣的是，這傢伙居然敢不接受妹妹！

魏曉雨如何能忍，想教訓一下傅盈時，但卻沒想到傅盈也是個武術高手，跟她的一番較量卻是沒討到便宜！

忍不住之下，魏曉雨又找上了周宣本人，但更讓她出乎意料之外的是，周宣看似普通，但卻有驚人的耐力，以她那麼兇狠的重手，居然打不垮他，反而被他摸透了全身上下，占盡了便宜！

魏曉雨羞怒之下，回去後，自不會向任何人說起這事，但日復一日，卻是睜眼閉眼都是周宣的面孔浮現在腦子中，無法拋開也無法擺脫。日子更久一些她才明白過來，原來自己竟然對這個周宣情根深重！

無法相信，卻也無可奈何，這時她才明白妹妹曉晴的心情！以她和妹妹曉晴這種身分和相貌，居然會同時喜歡上一個不會喜歡她們的男人。說出來誰會相信！

今天打電話給小叔家的王嫂，聽說周宣過來了，魏曉雨一時情不自禁地趕過來，還特意換了一身便裝，所以周宣沒能認出她來！

不過，魏海洪和老爺子是她最親的家人，魏曉雨和妹妹之間的區別，他們自然是知道的，所以見到魏曉雨來時穿了便裝，自然是極為詫異驚訝，而魏曉雨裝做不知道，也不跟小叔和爺爺多說，又做絕了一手，把她和周宣身上的所有東西都丟在了魏海洪家裏，他們即使要找她跟周宣，也是找不到的！

不過，她沒想到會發生這個意外，竟然被員警抓走了。好在魏曉雨很是高興，她也不想說出真相，寧願被扭送到派出所公安局給關個幾天幾夜，只要是跟周宣關在一起！

但現在，雖然是被抓到這車上，魏曉雨還是很懂公安做事的條例和規則的，只要一查清楚，她跟周宣是不可能在派出所被關押超過二十四小時的，而且就算是暫時關押，那也不一定會跟周宣關押在一起。

麵包車裏的車窗玻璃都有窗簾，也瞧不到外面的路景，也不知道到了哪兒，但估計時間只過了十來分鐘。

前面的座位上，一個便衣員警的通訊器響了起來，調整了一下，便聽到總部調控台女值班員的聲音：

「請注意，請注意，所有在東城附近值勤的警員聽到傳呼後，請馬上趕往東城郊區十六號公路，在十六號公路臨江出口一百米處，發生嚴重車禍，請火速趕往車禍現場援助！」

那幾個便衣又嘀咕起來：「這幾個人怎麼辦？先送到就近的派出所，扔下再趕過去吧！」

在討論聲中，總台又通知了幾遍，車禍很嚴重，需要趕緊調集一切能調集到的力量！

幾個便衣還在討論，那司機也放慢了車速，等待他們的決定。

周宣在後面忍不住說道：「我們不是犯人，還是趕緊過去救人吧！」

「嚷嚷什麼？給我老實點！」前面的那個員警回身吼著周宣。

魏曉雨也冷聲喝道：「你兇什麼兇？救人不更重要嗎？你們做員警的職責不就是爲了救人嗎？告訴你們，我們不是犯人，就兩個小騙子也沒什麼要緊的，鎖在車上就得了，我們一起過去救人！」

那員警「哈哈」一笑，說道：「你挺囂張的，就因為你長得漂亮所以很囂張是不是？哈哈，告訴你吧。就因爲你很漂亮，所以要更加懂事一點……」

「什麼叫懂事？」魏曉雨臉色一下子沉了下來，還沒有人敢這麼跟她說話，平時她都是一副軍裝，別說她的身分，就是這身高階軍服，也沒有人敢攔下她胡說八道的。

「懂事麼，這有很多種解釋，不知道你想要知道哪一種！」那個員警用調笑的語氣隨口說著，主要是魏曉雨實在是太漂亮了，比那些電影明星更漂亮。

「那你的意思是想找麻煩？想打架？」魏曉雨冷冷地道，「跟你們說實話，就憑你們幾個還不夠看！」

魏曉雨這個話讓他們一下子想起來，頭先在市場口的時候，魏曉雨一個人可是把他們六七個人打倒了，且沒費什麼力。這有些不可想像。雖然他們上前的時候都是保留了實力，只想把她抓住，但魏曉雨仍然一個人把他們幾個人接二連三打倒，到現在他們都還有些莫明其妙的！

魏曉雨這樣一說，這幾個員警倒是有些警惕起來，莫非這個漂亮女孩子是個高手？

周宣也趕緊說道：「警察先生，她是個軍人，我是個商人，剛剛在市場口，是想幫那個老人家搶回錢包，不是我們搶，你們問問前邊這兩個人就知道了，我們跟他們不是一夥的，而且，你們再查一查我們的身分就知道了，還是趕緊過去救人吧，救人如救火！」

「軍人？」那幾個員警都有些吃驚，魏曉雨這漂亮勁可一點也不像當兵的。不過她這身手確實又了得，停了停，其中一個就問道：「你們叫什麼名字？我讓局裏查一查！」

「我叫周宣，住在西城宏城花園二區八號別墅，她叫魏曉雨，住哪兒我就不知道了！」

周宣說了自己跟魏曉雨的名字，但估計他們是查不出來魏曉雨的身分的。

那個員警又用手機給他和魏曉雨拍了一張相，然後傳回局裏值班室，叫值班室的女警查一查資料。

有名字有相片，一查就查到了，對照一下相片，周宣的身分無誤，相片和他電腦資料一樣，而且那幾個員警也想到，住宏城花園的人，就是普通的房子，也得幾萬元一個平方，不是普通人能住得起的地方，更別說他這還是別墅，可要值幾千萬的，身家至少有幾千萬的人，又怎麼會來市場口搶這老頭這區區幾百塊錢？

而更讓值班女警吃驚的是，魏曉雨的身分完全查不到，資料上顯示：國家機密，你沒有查詢的許可權！

什麼叫國家機密？什麼叫沒有查詢的許可權？這個女警可是明白得很，只有國家元首或軍政部長級之類的重要人物的檔案，才會被列爲國家機密，無法隨便查詢！

這個女警當即用電話通知了要她查詢的員警。那個員警當然明白，一聽到女警的答覆，也是一愣，當下也悄悄向其他幾個同伴說了，大家都有些警惕！

剛剛周宣也說過了，魏曉雨是軍人，按理說，像她這麼年輕又漂亮的女孩子，就算是軍人，那也應該不會有多高職位的，但剛剛查詢的結果，卻說她的身分是國家機密，那就不同尋常了。很顯然，她確實是軍人，而且是很重要很有來頭的軍人！

說歸說，笑歸笑，這些員警可也不是傻瓜，幾個人低聲商量了一下，不敢再跟魏曉雨瞎說，但也不好馬上就改變態度，還是依著她的意思，直接到車禍現場好些，當即讓司機直接開往車禍現場。

不過，他們也不敢立即把魏曉雨和周宣的手銬取下來。魏曉雨也樂得裝做不知道，仍然暗暗沉浸在見到周宣又跟他在一起的幸福中。

第一二五章

大顯身手

試了一會兒，
周宣先確定了車頭裏的司機外邊一條腿的地方，
冰氣把車裏關鍵受力的位置轉化吞噬掉，
然後用鐵棍頂著一個點用力一撐，「嘎啦」一聲響，
車子的鐵皮頓時就給頂開了十來公分的距離。

車禍現場是在西城郊區的十六號路臨江出口彎道處，從這頭過去的路上，距車禍差不多半里路的地方就堵起了排成長龍的車，因爲天氣太冷，地面上結凍了，站在路面上就有可能滑倒，如果車速快一些，出車禍確實不意外。

在後面亂哄哄的司機中也問不出來什麼，只知道前面車禍很嚴重，到底嚴重到什麼地步，他們也不知道。

車多人亂，趕過來的員警和救護人員並不太多，周宣他們這個車上的員警只能把車停在路邊，下車走過去。

那個銬他們的員警先把那一男一女的騙子又加了一副手銬，銬在車內座位的鋼架上，然後才想起周宣和魏曉雨，便有點猶豫要怎麼辦，是銬在車上還是跟著過去救援。

周宣趕緊道：「我們跟著過去吧，我會一些醫術，能幫上一點忙！」

那員警得到查詢魏曉雨的結果後，也不敢再對他們太過動作，想了想，還是把他們兩個的手銬打開了！

一路過去，路邊上靠右停著的車輛大多都是用鐵鏈鎖住後車輪，這是用來防滑的，大冷天，路上霜凍後，是最容易出車禍的。

說真的，不要說車，現在走路，就是人，那也不容易走穩，很多人往前走都是一步一步慢慢地往前挪，所以救護救援等人和物資都不容易到前邊。

而中間留出來的一條窄路是要用來讓救護車通過的。

徒步前行的時候，那些便衣員警稍稍走快幾下便滾倒了，魏曉雨也是東倒西歪的，好不容易才站穩了身子，路上實在是太滑！

只有周宣是穩穩地往前走，走了幾步，就見到魏曉雨猛一下向他偏倒過來，趕緊一手扶住她，魏曉雨也趁勢緊緊地拉住了周宣的手。

周宣拉著魏曉雨的手，還沒想什麼，便見到一輛白色的救護車慢慢開過來，車身上沾了幾抹鮮紅的血跡！

救護車開得很慢，跟在周宣身後的員警趕緊問道：

「前面的情況怎麼樣了？我們是員警！」

開車的司機伸手到邊上，大聲說道：

「員警嗎？趕緊過去，太慘了。十幾輛車，大車小車的，撞成一團，我們也只是把弄得出來的傷者抬出來運走，不過醫護人員太少，缺人手！」

周宣一見到血，眼都紅了，從小他就有些怕血，以前在老家也見到過出車禍，一輛大車壓死了一個人，那個人腦袋被壓碎了一大半，血和腦漿流了一地，周宣見到那個場景後，大概有一個多星期吃不下飯，一吃東西就想到那個場面，這個鏡頭一直纏繞了他大半年。

從那以後，周宣便不喜歡看這種場面，前兩年在電視中見到地震災難鏡頭，心裏又痛又是流淚，確實不好受。

而現在自己親身遇到了這種情況，周宣血都湧了起來，哪裡能靜得下來？拖著魏曉雨飛快地往前跑。

冰氣也運了起來。落腳的時候，冰氣就轉化吸收了腳底那一點冰霜，所以周宣落腳的時候一點都不滑，而魏曉雨的情況跟他一樣，周宣把她腳底下的霜凍一樣吸收了。

當然魏曉雨不知道，因爲她被周宣拉著飛奔，這麼快的速度跑起來，她根本就沒有注意到腳底下的變化，但剛剛差點摔跤的事她還是記著的，只是奇怪怎麼現在就不滑了？

在後面的那些員警就奇怪了，明明這麼滑，怎麼他們兩個還能以這麼快的速度奔跑？難道是他們搞錯了，周宣和魏曉雨只是想逃掉？

只是周宣和魏曉雨跑過後，地面上卻很明顯的留下了一個一個的腳印，好像他們腳上有很大的熱氣一般，一腳踏下去便溶化了霜凍。眾人追不上，只能眼睜睜地瞧著周宣和魏曉雨在他們眼前跑掉，很快消失在轉彎處。

周宣拖著魏曉雨一直不歇氣地飛跑著，在這個時候，魏曉雨才真正感覺到周宣那種強勢！

說實在的，魏曉雨從來都不認為需要哪個男人來保護她，但周宣現在給她的感覺恰恰就像是在保護她，而她就像是一個小女人。魏曉雨甚至臉紅起來，偷偷瞄著周宣，但周宣一臉焦慮，根本就沒注意她。

終於到了車禍現場處，救援的人亂哄哄的，都是自發自主地在動手，沒有什麼人在主持，不過能救出來的都救出來了，救不出來的，他們也無可奈何，只能聽任擠壓變形的車裏面的傷者呼救。

這個樣子，大型的救護車也來不了，就是來也沒那麼快，大約有十四五輛車接連碰撞，車頭車尾都分不出來，大車小車都毀得不成樣子。

救出來的傷者都是靠邊靠尾撞得比較輕的，中間撞得厲害的，根本就救不出來，傷者被緊緊卡死在車裏面，甚至有一些在事發時就已經死去了！

哭聲叫聲喊聲。周宣跑到邊上，到處都是亂哄哄的人群，有人指揮也沒辦法，沒有大型工具是弄不出這些傷者的！

魏曉雨一看就知道，他們來了也只能等待，憑肉手是救不出來這些傷者的！

周宣呆了一陣，隨即運起冰氣來，搜尋這些車裏面的活著的傷者，這個時候，眼都紅了，血也沸騰了，管他會不會被人瞧出來，先救人再說！

冰氣搜尋到靠他很近的一輛前後都被壓得變形的豐田小車裏，四個人，前面開車的司機

早死透了，副駕座上的是一個十二三歲的少女，因爲個子小，安全氣囊又保護了一下，還活著，但車頭嚴重變形。

她人是斜著的，一臉是血，右手撫在碎裂的車窗上，已經說不出話來了！

在車窗外救援的幾個人中，有一個是穿制服的員警，有兩個是穿白衣的醫生，一男一女，車門處也變形得很厲害，就算把車窗玻璃全部敲碎，也不能把少女弄出來，只能先替她打點滴，維持基本體力，然後等待救援。

外面天很冷，那個女醫生提著點滴瓶舉在半空，手都凍得發紫，眼裏流著淚，一邊說道：

「小妹妹，堅持住，等一下就有叔叔們帶工具過來了，只要再堅持一會兒，一會兒就好……」

那女醫生流淚說著，卻也不知道救護車什麼時候才能到。

這十六號路彎急路窄，本來就堵了這麼多車，大車如何能過來？大車過不來的話，又怎能把這些變形的車輛拉開？

周宣這時候也顧不得什麼了，鬆手放開魏曉雨，然後衝到這輛車前邊，對車頭邊的幾個人說道：「你們退後一下，讓我來！」

那女醫生讓開了一點，但那個男醫生和員警卻皺了皺眉，那男醫生說道：

「你不能硬拖，小女孩現在身體十分脆弱，要小心地抬出來才行，如果有一丁點硬動，那就……」

周宣彎腰擠上前，說道：「我知道，我是醫生！」

那員警一愣，讓開了些。

魏曉雨也過來了，見周宣彎腰湊到車頭變形碎裂的車窗邊，忍不住低聲勸道：

「周……大家都是一樣的心情，我們現在救不了她，只能等救護車來了！」

周宣沒有答話，先伸手把車窗上碎玻璃弄乾淨，再瞧了瞧車門，已經嚴重變形，跟車身擠壓在一起了，要硬拉是拉不動的，小女孩的臉、手就在面前，鮮血塗滿的臉上，一雙眼微微半睜著。

周宣心裏一痛，伸手輕輕握住了她的手，把冰氣運到她身上，小女孩除了頭上撞破了一條寸多長的口子，身上沒有大礙；但撞車的那一下，把肋骨弄斷了三根，其中一根插到了肺裏，胸裏積了不少血，這才是致命傷。

周宣當即用冰氣把小女孩胸裏的血轉化吸收掉，再把傷勢恢復一大半，但那幾條斷了的肋骨必須到醫院接上。

小女孩右手上的針管輕輕顫動，液體一滴一滴地往下滴，突然間，那女孩眼睜得大了些，顫顫地說道：

「叔……叔……救救我……救救我媽媽……弟弟……」

一開始，小女孩都不曾說話，現在卻忽然發出聲來，旁邊的警察和醫生都不禁吃了一驚，把頭湊過來一些，問道：「怎麼樣了？」

周宣伸手輕輕握著小女孩的手，然後說道：「小妹妹，別擔心，叔叔會把你救出來，也會救你媽媽，弟弟，相信我！」

小女孩身子頭都動不了，但眼神卻亮了很多。

周宣鬆開小女孩的手，瞧了瞧車窗，然後暗中運冰氣，把幾個卡得很緊又關鍵的地方轉化吸收掉，隨即用雙手一拉，「喀嚓」一下便拉脫了車門！

後面的魏曉雨和那個員警及兩個醫生都吃了一驚，剛剛那員警和男醫生可是費了好大的勁都不能弄開一點點，卻不曾想到周宣就這麼輕輕一扳，彷彿也沒用什麼力便將車門扳落了！

雖然周宣把車門扳下來了，但這個嚴重變形的車門口根本就出來不了人，哪怕是這個瘦小的小女孩。

這輛車前後面都被撞得很厲害，後面的兩個車門也打不開，車身兩頭都向中間擠壓扭曲了，後座上的人似乎也沒有聲響，不知道是死是活。

周宣瞧看小女孩身體的大小，目測了一下車門口所需要的空間，伸手再把扭曲得很彎的一部分扳著，審視了一下，憑自身的力量是沒辦法打開扳開的，身邊幾個人又緊緊地盯著，要運用冰氣直接把整塊車門吸收掉還是不大方便。

但周宣可以把外面瞧不到的地方轉化吸收成一條線，讓自己扳著的這一塊車皮只剩下外面很薄的一個圓圈點，然後用力往外一拉扯，立即就拉掉了。

在旁邊幾個人的瞠目結舌中，周宣用極輕緩的動作把小女孩抱了出來。

那個員警和兩名醫生忍不住鼓起掌來，隨即趕緊找來擔架把小女孩放上去。現場這些撞壞的車輛中，傷者很多，但都因現場沒有工具，所以救不出來。每輛車邊都圍了不少人在想法子，但人力如何能跟機器的力量相比？

抬擔架的人準備走的時候，擔架上的小女孩忽然向周宣伸了手，叫了聲：

「叔叔！」

周宣正在考慮著從哪個方向打開後面的車門，沒有聽到小女孩的叫聲，魏曉雨輕輕扯了扯他衣袖。周宣詫異地望了望她，卻見魏曉雨指了指後面的擔架！

看到擔架上小女孩一副悲傷又害怕的表情，那隻伸出來的小手滿是血跡，周宣心都絞痛了，趕緊回身走過去。

走到擔架邊時，周宣伸手握住了小女孩的手，小女孩鼻翼使勁動了兩下，然後淚水嘩嘩流了下來，使勁抓著周宣的手。

周宣用另一隻手輕輕撫著小女孩的頭髮，然後低下頭，在小女孩耳邊小聲地說：

「小妹妹，別擔心。叔叔一定把你媽媽、弟弟救出來！」

車上應該是她們一家人，跟小女孩坐前座開車的那個男司機，想來是她爸爸，但人已經死了，小女孩年紀大約十二三歲，心裏大概明白，知道爸爸已經沒了！

周宣微微撫摸了一下小女孩的頭，隨即轉身回到了車邊，冰氣已經運起，探測到車裏後座上還有一個三十多歲的婦女和一個七八歲的小男孩。

婦女傷得很嚴重，小男孩基本上沒有受傷，那婦女是把小男孩壓到座位下的空間裏，車撞得雖然厲害，但車盤底部的空間實際上是受到外力擠壓最弱的地方，所以這個母親保護了自己的兒子，自己卻受了很重的傷，現在已呈昏迷狀態了。

周宣探測到這女子是活著的，但如果不趕緊把她弄出來送醫救治，在這麼冷的溫度下，她很難支持下去。

把她弄出來不算難，但若要完全恢復傷情就比較難一些，周宣探測了附近這些車輛中的傷者，基本上都是傷得很重，如果要恢復傷勢，那他的冰氣很可能就支持不了，需要稍稍考慮一下。

周宣決定還是以救出這些傷者爲主，冰氣救治爲輔，把傷勢最嚴重、生命極危險的傷者救治一下，儘量把冰氣省下來，以便將更多人救出險境。

那小女孩這時候已經給抬到救護車上送出去了，兩名醫生和員警又回過身來一起幫忙，但這些車輛旁邊的人可都是試過了用力扳拉著，卻沒辦法把撞壞的車門窗拉開一些。見剛剛周宣把小女孩成功救出來，這三個人包括魏曉雨都很奇怪，難道他們剛剛漏掉了這個可以扳開的地方，還是周宣的力氣更大一些？

周宣在這一邊審視著，那員警和男醫生就在另一面使勁扳著另一道門，但門變形後，卡得死死的，根本無法拉開，車窗彎曲了一半，玻璃碎成了裂紋，但就憑這個車窗的寬度，還是無法把人從這個口子弄出來。

周宣用手先扳了扳那車門，把手是壞死了，冰氣也探測出這車門兩個栓口彎曲了，另外還有四個地方因爲撞得扭曲而卡死了。

在之前，那員警、醫生甚至魏曉雨都試過了，拉不開也扳不動，只能等工具車開過來，把車鋸開，然後再救人。

剛才周宣救出小女孩，大家雖然詫異，但是幾人都以爲周宣只是很幸運，湊巧把小女孩救了出來，現在應該不會再那麼湊巧了。

周宣先試著車門拉了一下，沒拉動，旁邊的魏曉雨和那個女醫生也沒注意，由於天氣太冷，雪花仍在不斷飄著，剛剛因爲赤手舉著點滴瓶子給小女孩急救，手凍得都快僵了，這個

時候直是呵著氣暖手，對周宣也沒有特別的注意。

周宣先是拉了一下，沒拉開，魏曉雨正要說拉不開，沒想到就在這一下，周宣「嘩啦」一聲就將這面車門拉下來。

魏曉雨和那女醫生愣了一下，隨即便到前面來幫忙，心裏絲毫沒有想到周宣是力氣大還是又是碰巧，只是想著趕緊把車裏面困住的人救出來。

周宣早就用冰氣探測到車裏面後座的婦女，傷勢極為嚴重，生命只在分秒間了。

湊上前的魏曉雨和女醫生只看到被嚴實地卡在後車座中間的女子，沒有看到下面的小孩子。只有周宣才知道下面還有個小男孩，小男孩沒受到傷，但嚇得有些傻了，車撞壞後，空調沒有了，他被冷到話也說不出來。

前後座在車裏狹窄的空間擠成一團，那婦女被卡得死死的，不管怎麼樣都不能硬往外拉，要是強行一拉，那女子只怕就得活活拖死。

周宣測出來，那女子胸腔受到重壓，受傷極重，兩條腿也被活生生擠斷，只是一雙手死死地摟住下面的小男孩，不顧自己生命地護著他！

看到這樣的場景，周宣胸口就像梗住了一般，冰氣把卡死的座位底部的鋼材轉化吸收掉，當然，吸收掉的都只是關鍵位置，而且轉化吸收的量也是恰到好處，在挪開卡住的這些東西時，看起來表面上周宣極為吃力，但實際上他很輕鬆便挪開了。

這個時候，對面的員警和男醫生也從車窗中瞧見了這邊的情形，趕緊轉過來幫忙。

周宣在跟他們一起把這個婦女抬出來時，已經暗暗運冰氣把她的傷勢恢復了一部分，雖然沒有讓她醒過來，傷勢也沒有完全好，但至少已沒有生命危險了！

轉化吞噬花費的冰氣不算大，但治療傷勢就很費冰氣了，剛剛治療小女孩的傷勢和她媽媽的傷勢，周宣就覺得有些吃力。

旁邊幾個人一起幫忙，把那婦女抬出來，不過在抬的時候，才發現她一雙手緊緊地摟著小男孩，而那個小男孩在她的保護之下，一點傷都沒有受到，只是受了極大的驚嚇！

此時，擔架立刻便抬過來，救護人員馬上把這對母子送上救護車，送到醫院。

開車的男子早已經死亡，所以也不必把他弄出來了，周宣還要節省冰氣去救援其他人，這時候，大型的工具還沒有運過來，他的冰氣是這些傷者的唯一希望！

時間是分秒必爭的，零下二十度的低溫，哪怕多一秒鐘，也許就能多救出一條生命。周宣沒有猶豫遲疑的時間，趕緊又奔往第二輛車。

第二輛車是一輛大車，一輛小汽車撞到這輛車底下，另一輛中型車把大車車頭撞得凹了進去，大車裏面有兩個人，一個是司機，一個乘客，兩人都被底部撞進去的部分活生生擠斷了腿，如果要把他們兩個弄出來，除非把整個車頭拆了，否則只能截肢，但要拆掉這個大車的車頭，又是多大的工程？有工具都十分費時，更別說這些徒手的人們了。

周宣爬上車頭的一邊，車頭上圍聚著幾個員警，拿著鐵棍把車頭上的擋風玻璃敲碎，兩個傷者如果能動彈，要出來是沒有問題，但就是腿部被緊緊卡住，兩個人被凍得都快發紫了，援救的員警一邊鼓勵他們繼續堅持著，一邊用鐵棍努力撬動。

周宣瞧得出他們很無奈，但仍然努力堅持著，因爲在這個時候，他們的行動是唯一能鼓勵傷者的事情。

「能給我鐵棍嗎？」周宣向其中一個員警說道：「我力氣比較大！」

周宣雖然這樣說著，但人家一瞧，他的身體明顯看來很單薄，幾個員警十分努力都無可奈何，他一個人就算力氣大一點，又能如何？

這時，剛剛跟周宣一起的那個員警趕緊說道：

「小楊，給這位兄弟一根鐵棍，他的力氣確實很大，剛剛前頭那輛小車裏的母子三個人就是他救出來的！」

小楊怔了一下，隨即把鐵棍遞給了周宣。

周宣接過鐵棍後，首先觀察了一下車頭裏的情況，看看要從哪個地方入手最好。

那個給他鐵棍的員警想再脫下手中的手套遞給他，卻見周宣隨手接過鐵棍就握在手中，沒有半分不適的感覺，心裏有些訝異，這人果然是有些特別！

在零下二十度的溫度中，赤手握著鐵棍的話，再鬆手幾乎會給冰冷的鐵棍撕下一層皮來，沒有人敢裸著手握鋼鐵一類的物體，要是木質的還好一些。

但周宣似乎沒有半點影響，握著鐵棍也像沒有知覺一般，他查看著車頭裏的空間縫隙，然後把鐵棍伸到這些縫隙中比試著，鐵棍在雙手中換過來換過去的，皮膚一點事也沒有。

這當然是緣於周宣的冰氣了。冰氣本身就有極抗寒的能力，之前在美國天坑陰河中那次，水底下的溫度又冷，壓力又大，一般普通人赤手在那種溫度的水中，不超過三分鐘便會凍僵，但周宣卻是渾若無事。

試了一會兒，周宣先確定了車頭裏的司機外邊一條腿的地方，冰氣把車裏關鍵受力的位置轉化吞噬掉，然後用鐵棍頂著一個點用力一撐，「嘎啦」一聲響，車子的鐵皮頓時就給頂開了十來公分的距離。

旁邊瞧著的幾個員警都是一呆，他們幾個人合力弄了半天，都弄不開一丁點，眼看著司機和另一個傷者連叫喚的力氣都沒有了，又著急又無奈，但周宣卻在無意中隨意一撬，竟然就弄開了一條縫隙出來！

這一下把那司機的左腿救了出來，但他的腿早就血肉模糊一片，凍得沒有知覺，不過，這樣也解輕了他的痛楚。

像這輛大車頭的情況，在旁邊的幾個醫生估計，兩個傷者極可能會被截肢，在生命和殘

廢之間，也許只能二選一，不過在周宣弄出此人的一條腿來後，這個結果就可能被改變了。

周宣又用冰氣把這司機的傷勢緩和了一些，然後似乎又是在無意中，把另一條腿給弄了出來。

旁邊的員警們驚喜之餘，趕緊合力把他給抬了出來，這個動作很緩慢，因爲車頭很高，天氣又冷，雪依然下得很大，隔了十幾米遠的地方便瞧不清楚了。

這時候，幾個員警都相信是周宣的力氣比他們要大了，或許也更有技巧一些，但不管怎麼說，在這個緊要關頭，能救出人來那才是最關鍵的。

緊接著，周宣又把司機旁邊的那個傷者也給救了出來，救出來的時候，又用冰氣恢復了一部分傷勢，基本上已不會有生命危險，能堅持到送到醫院救治。

而周宣的冰氣也消耗得頗爲厲害。再救其他車輛上的傷者時，周宣就只敢把傷者的傷勢略微恢復一下，讓他們能多一口氣，把嚴重的傷情緩和一下。

接下來，他又救出六輛車的傷者，周宣感覺幾欲暈過去！

周宣瞧了瞧漫天雪花中的車禍現場，還剩下七八輛車的傷者還沒救，這個時候他可不能暈過去！

這時，大概有十來個人跟周宣一起，周宣在前邊把車弄鬆，後面的人就趕緊把傷者抬出來，再送上救護車，無形之中是以周宣爲主導了。

魏曉雨一聲不響，默默地跟在周宣身邊幫忙，周宣根本沒有時間注意她，臉上身上手上沾滿了鮮血，但這時的周宣在魏曉雨心中卻是無比的高大，一顆心也更牢牢掛在了他身上。

周宣自然是不知道，對魏曉雨，他一直沒有任何好感，幾乎是敬而遠之，如果今天早知道她是魏曉雨而不是魏曉晴，他絕不會陪她出來逛街的！

魏曉雨向來是一個意志堅強、心腸很硬的女孩子，她從沒把哪個男人瞧在眼中過，但自從跟周宣肢體接觸，被周宣意外打敗後，一顆心竟然就此軟化下來，整日裏想念著周宣，明知道親妹妹曉晴也是一樣的念頭，但就是不由自主地想著這個人！

有時候她真的很氣，她們兩姐妹，論身分，論相貌，所有的一切，都是萬中挑一的，但怎麼會同時喜歡上一個如此普通的男子？

不過，以前她覺得周宣很普通，但越來越深入瞭解他後，她才發覺周宣並不普通，甚至比她想像的還要神秘得多！

魏曉雨更感動的是，周宣在現場救這些傷者時，渾然不顧一切的舉動，這絕不是為了在她面前表現什麼。看周宣一邊救出這些傷者，一邊喘著氣，魏曉雨瞧得出周宣是極累的樣子，但他仍不肯鬆懈，紅著雙眼繼續著。

第一二六章

潘朵拉的盒子

周宣一直在猶豫，到底要不要使用這個晶體，
目前，冰氣每增進一次，所發現的奇異能力也越來越強，
就像一個潘朵拉的盒子，他忍不住一次又一次想去打開。
像是吃了鴉片會上癮，他實在是忍不住這晶體的誘惑。

周宣的冰氣快消耗怠盡了，幾次就要暈過去，但仍竭力支持著，他的胸口很堵，也說不出什麼，總覺得眼眶裏的淚水快要流出來！

第一台小型工具車終於在周宣堅持到四十分鐘的時候來到了，跟著還有百餘人的武警來到，但現場的情況有時並不是人多就有用。

小型工具車的作用有效得多，但仍遠不及周宣冰氣的作用。冰氣幾乎是可以自主地把任何地方都能轉化吸收掉，但工具車就不行了，操作人員只能挑選適當的地方進行拉扯，而工具車的副作用太大，力大的同時，弊端同樣也大，要顧及到傷者，工具車上的機械就難以施展開來。不過，總比周宣一個人獨力還是好得多了。

緊接著，又趕到了兩輛車，都是小型工具車。大型車進不來，路上冰霜很嚴重，救援的警力一邊用工具車剷除積雪，一邊在路上撒鹽，以防路面再結凍。

雪越下越大，能見度也越來越低，周宣努力不讓自己暈過去，在把最後一個傷者救出來後，在眾人的歡欣鼓舞中，周宣輕輕扯了一下魏曉雨的衣袖，拉著她悄悄離開。

魏曉雨明白周宣的意思，那幾個逮她和周宣的員警，有的在幫忙清理現場，有的在通話，有的在跟現場的救援者們一起搜尋殘車裏的遺留物品，將之收集到一起保存，沒有一個人注意到他們兩個，當即趕緊悄悄離開。

走了幾十米的時候，隱隱聽到後面有人在叫：

「剛剛那位年輕人呢？他是哪個區的警員？」

「剛剛還在的……人不見了？他不是員警，是……」

周宣趕緊把步子加快了些，低聲道：「快走！」好在雪大，超過十幾米遠的距離就瞧不清楚了，只隱隱聽到說話聲。

經過這次救援的事，那些員警應該是不會再把他們兩個當成搶劫老頭的人了，但周宣和魏曉雨偷偷溜走也只能暫時避開現場的人，因爲現場來了不少記者；要完全避開員警，那是不可能的。因爲在車上的時候，那些員警就知道了周宣的真實身分，要查他，根本是小菜一碟。

長長的車龍也沒辦法往回轉，因爲救援的車輛需要通過，只要有一輛車倒車，就會引起嚴重的堵塞。周宣和魏曉雨只能走路離開現場，路兩邊的積雪已經很厚了，但路中間的積雪已經被清掃走，又灑了厚厚的一層鹽。

幾乎走了一個小時才走到與十六號路交叉的一條公路，等了一會兒，終於攔到一輛計程車。上了車後，車裏的溫暖讓魏曉雨好受了許多。

周宣因爲冰氣損耗太多，無法再替她驅寒，二來，也不想跟她有過多的糾纏，自從知道她是魏曉雨後，周宣就對她有些厭惡感，只是後來見到魏曉雨不動聲響地奮力幫他搶救傷者，才覺得她雖然驕傲，但心地還是不壞，也就對她沒那麼反感了。

到城裏後，天色已黑盡了，周宣讓計程車先到魏海洪的住所，拿了自己的手機皮夾，然後再回家去。

天太冷，老爺子已經睡下，老李跟李爲也返回了自己的住處。

魏海洪也沒留周宣。魏曉雨想說什麼，但周宣瞧都沒有瞧她一眼，她嘆嘆氣，也就忍住了沒再說。

回到宏城花園別墅的時候，周宣猶自覺得今天跟魏曉雨的行程好像做夢一般。

在客廳裏，周宣抖落了身上的雪片。

大廳裏，老娘瞧著他沒有一絲笑意。

傅盈咬著唇，過了一會兒才問道：「你跟曉晴出去逛街了？」

周宣當即搖頭道：「沒有！」

「當面撒謊！」傅盈恨恨地脫口而出！

周宣倒不是撒謊，但心裏想著，盈盈和老娘應該是不知道他跟魏曉雨出去的事吧？老爺子和洪哥那邊是肯定不會亂說的，盈盈爲什麼這麼說？是故意套他的話嗎？

不過，周宣也確實認爲自己沒跟魏曉晴在一起，碰巧也好，裝糊塗也好，那個人是魏曉雨，並不是魏曉晴，所以他也不算撒謊。而且，就算是跟魏曉雨出去了，他也沒有跟她做男女朋友的那種浪漫心態，只是不願意讓傅盈知道，因爲女孩子太容易吃醋了，好好的，周宣不想把事情弄得複雜起來。

傅盈哼了哼，指著電視道：「你自己看電視！」

因爲電視聲音開得很小，周宣也沒注意，傅盈一提起，他才轉過頭去瞧電視，這一望，臉就紅了！

電視上正播著東城郊區外十六號公路轉彎處的車禍，大雪迷茫的，影像雖然不大清楚，但記者的鏡頭中，有周宣和魏曉雨救人時的畫面，又因爲他的畫面很少，所以電視裏反覆播著，女主播也在不斷播報著：

「無名英雄救了二十四人，之後悄然離去，經證實，他不是趕來救援的公務人員，到底是什麼身分，目前尚在調查之中，我們將記住這個無名英雄，記住他今天所做的一切！」

「無名英雄？」傅盈臉上薄怒一縷，哼了哼，又道：「你是……是跟曉晴妹子約會去了吧？順便在美女面前表現一番你的偉大形象！」

周宣頓時有些狼狽，結結巴巴地道：

「沒……沒有的事，她也不是曉晴，她是魏曉雨！」

「魏曉雨？她找你幹什麼？」傅盈吃了一驚！

魏曉雨的兇悍她可是見識到了，跟她交手的場景猶在眼前，自己那般身手跟她相比，也

只是平分秋色，對這個女子，傅盈不擔心周宣會移情到她身上，但擔心她會對周宣不利，因爲她明白，就算魏曉雨對周宣再兇狠，周宣也不可能會對魏曉雨運用冰氣。

但周宣結結巴巴的表情讓傅盈很不高興，雖然她也知道周宣與魏曉雨並沒有什麼，就算是魏曉晴，周宣也不會與她真有什麼關係，這點，傅盈心裏還是肯定的。

「什麼事也沒有，就是剛出去就遇到了設賭局騙錢的，結果又被便衣員警逮了，在車上又碰巧遇到了支援城郊外的車禍通知，結果……」

周宣乾脆老老實實地把事情說了出來，他本就不想騙傅盈，如果說謊，可能反而會更加弄巧成拙。

傅盈越聽越生氣，「出去逛街，還挺浪漫的嘛！」哼了哼，轉身氣呼呼就上了樓。

金秀梅也是嘆著氣道：「兒子啊，不是媽說你，既然選定了盈盈，那你就要一心一意對她。曉晴那女孩是挺好，但一個人不能討兩個老婆吧？盈盈對你也那麼好，咱們周家，可是有良心的老實人，你可不能幹要不得的事啊！」

「媽，你說什麼啊！」周宣又好氣又好笑，趕緊擺了擺手，說道，「媽，都是沒有的事，你就不要瞎擔心了，我上樓去看看盈盈！」

金秀梅嘀咕了幾句，也就算了，她自個兒的兒子，她哪會不了解？自己嘀咕一下只不過是提醒他，不要做出什麼傻事而已。

上了樓，周宣在傅盈的房間門輕輕敲了敲，說道：「盈盈，我進來了啊！」說完伸手推了推門，但門是從裏面反鎖了！

周宣趕緊叫道：「盈盈，開開門，盈盈，開門！」

「不開！」傅盈在裏面氣呼呼地回答著，又說道，「你別來煩我，去跟魏家姐妹倆浪漫去，人家有當大官的叔叔爸爸爺爺，哪像我……」

周宣越聽越不像話了，趕緊又使勁拍了拍門，道：「盈盈，快開門，沒影的事，你淨瞎說！」

傅盈氣道：「不開，就是不開！」但話音剛落，周宣就推開房門進來了，傅盈不禁一愣，隨即才想起周宣是有冰氣在身的！

「你就只會欺負我，有本事你把這棟房子都給我化了！」傅盈把臉扭到了一邊，眼淚撲撲跌落下來。

周宣剛剛用了這一下冰氣，累得腳直打顫！在車禍現場他幾乎用盡了冰氣，這會兒才剛剛恢復一點兒，但施用了這一丁點冰氣吞噬了門鎖後，差點就暈倒在門口！

眼見傅盈淚水如珍珠斷線般滴落，周宣趕緊伸手去拭她的淚水，傅盈想也不想，順手一推，沒想到周宣冰氣損耗嚴重，體能也同樣所剩無幾，人幾乎是虛弱的，傅盈這一推，「啊喲」一聲，就重重摔倒在地！

傅盈一驚，當即轉身蹲下身來扶周宣，嘴裏問道：「你……怎麼了，摔到沒有？」關心的語氣自然而然流露出來。

周宣喘了幾口氣，哼哼唧唧地道：「盈盈……我……我剛剛在車禍現場累壞了，走都走不動！」

傅盈趕緊把周宣扶到床上躺下，又給他脫了鞋子，脫了外套，然後蓋上被子，嗔道：「累壞了還要跟我瞎扯胡扯的，睡吧！」

周宣瞧著傅盈俏麗無比的臉蛋，睫毛上猶自掛著兩顆晶瑩的淚珠，但臉容卻是由生氣變成了關心，又想到這房間是她的，心裏一動，當即伸手拉住了她的手，說道：

「盈盈，你讓我在這兒睡啊？……好啊好啊，反正我們也快結婚了，我早就想……」

「想什麼想？壞蛋！」傅盈臉一紅，摔掉他的手，啐道：「你腦子裏就不能想點乾淨的事？你把門弄壞了，今天你就在這兒睡，我過去你那邊睡，明天叫人來修門！」

傅盈說完，咬著牙紅著臉一溜煙就跑出去了！

周宣愣了一陣，然後笑了笑，搖著頭，準備睡下，默練一陣冰氣來恢復，忽然間又想到了一件事，趕緊坐起身來，穿了鞋子出門到自己房間。

傅盈沒關門，正坐在床邊上發愣，一張臉蛋紅得跟彩霞一樣，忽然見到周宣闖了進來，不由得又羞又驚，向床裏縮了縮，驚問：

「你……你要幹什麼？」

周宣本來並沒想要對傅盈惡作劇的，但見她這個羞勁，忍不住過去逼近了她，傅盈如兔子一般向後一仰，卻是倒在了床上。

周宣雙手撐在她臉邊，跟傅盈臉對臉，視線之間的距離不超過十公分，傅盈臉脹得通紅，話也不敢說了，只是拼命的咬著嘴唇，隆起的胸脯一起一伏的！

周宣差點就把持不住了，閉了眼，低下頭在傅盈嘴唇上重重一吻，隨即起身哈哈大笑著，把抽屜中的晶體拿出來快速竄出門去，出門的時候，還把門緊緊關上了。

看到周宣跑出門去後，傅盈才長長地呼了一口氣，但卻又有些淡淡的失望，嘴唇上似乎還殘留著周宣剛剛留下的火熱！

傅盈伸手指輕輕撫摸了一下嘴唇，臉蛋兒卻更紅了，紅得發燙，像火燒一樣，忍不住拉上了被子遮起了自己的臉，雖然沒有人瞧著她，但羞意卻是不能自抑！

周宣拿了那個神秘的晶體又回到傅盈的房間中，把不能鎖上的房門掩上後，這才躺到床上。

床上的被單浸透出一縷幽幽的香味，周宣心神顫了顫，然後努力把心思從傅盈身上拉回來，好一會兒才鎮定下來！

他把晶體拿在手中，躺下蓋了被子後，先是仔細回想了前兩次面對這晶體時的情況，因爲知道這晶體裏面存有龐大的冰氣能量，但這個能量又具有超強的危險性，如果一個不好，又像第一次那般把冰氣玩消失了，那可是個災難！

所以周宣一直在猶豫，到底要不要使用這個晶體，用是有危險的，但周宣同樣也明白，如果使用得當的話，那這個晶體同樣會帶給他無窮無盡的能量。目前，冰氣每增進一次，所發現的奇異能力也越來越多，越來越強，這就像一個潘朵拉的盒子，他忍不住一次又一次想去打開。

像是吃了鴉片會上癮，他實在是忍不住這晶體的誘惑。

想了片刻，周宣還是決定試探晶體。不過有了上次的經驗，他先是把冰氣運了起來，在車禍現場消耗得太厲害，他幾乎是沒有一絲多餘的冰氣，不過這樣也好，上次就是在最淡最弱的時候才把晶體裏的冰氣吸收回來。

周宣運轉了幾遍，身體裏僅僅有一絲極微弱的冰氣，在身體裏沿著經脈運行了幾遍後，才把這絲淡淡的冰氣從晶體中透了進去。

冰氣一入晶體中，立即便又感受到那大海一般龐大又洶湧的能量，不過，這次周宣再沒有像上次那般驚惶失措，那一絲淡淡微弱的冰氣在能量大海中越來越大，彷彿一葉小船，慢慢轉變成一艘超級大郵輪，再從左手上返回，但卻沒有停留在左手腕中，而是沿著經脈自動運行著。

冰氣這時候不由周宣作主地自主運行著，周宣就是想停下來也停不下來了，而返回來的冰氣比以前又要龐大一些，幸好經脈通道已經被重新開發過，但返回的冰氣仍然過大，周宣身體中有種快爆掉的漲裂疼痛感，叫又叫不出來，動也動不了！

雖然是動彈不得，但周宣這次並不像上次那樣驚慌，而是冷靜地用呼吸練功的法子運轉冰氣。

漲大的丹丸冰氣在經脈中運轉數十遍後，周宣便漸漸感覺到順暢起來，身體裏也沒那麼難受了，因爲有了經驗，遠比上次好得多。上次的冰氣回轉入經脈，可是有生不如死的味道啊！

不知不覺中，周宣只覺得全身舒泰，毛孔都放開來，丹丸冰氣緩緩回轉到左手腕裏，顏色便如金丹一般黃燦燦，雖然樣子並沒有多少改變，不過周宣自己感覺得到，冰氣的能量又要精純了許多！

雖然沒有把冰氣運出來，但周宣自有一種一觸即發的感覺，全身的毛髮都有一種高度觸覺的味道。

周宣躺著休息了一會兒，從車禍現場回來後，一直就是很疲勞困倦，但現在卻是沒有半

分睡意，精神奕奕，瞧著桌子上的一幅小相框，裏面是他和傅盈一張合影相，傅盈笑得花枝燦爛，美得不可方物！

周宣瞧得甜甜蜜蜜的，不由自主就把冰氣運出來，將相框邊緣轉化成黃金，金燦燦的分外好看！

什麼時候睡著的，周宣也不知道。一覺睡到天亮，冬天的早晨最喜歡賴床，在傅盈幽香瑩瑩的被子裏，周宣又賴了好一會兒才坐起身來。

窗外雪白一片，玻璃窗都有一層薄冰，導致視線穿透不出去。

天氣雖然凍，但周宣不覺得冷，一來房子裏的溫度跟室外的溫度是相差極大的，二來，周宣冰氣本來就有防寒抵寒的能力，而且周宣正處在冰氣能量達到前所未有的新高度，這點寒冷對他自然就沒有什麼影響了。

周宣坐起身後，首先就瞧到了桌子上的相框，又甜蜜地瞧著傅盈嬌美的容顏，過了一陣子才想起昨晚自己用冰氣將相框轉化成了黃金，但現在相框依然是普通相框，想必是時間已經過了。

周宣呆坐了一陣，又想起不知傅盈現在在幹什麼？是在睡覺呢？還是起床了在樓下客廳裏？

念頭一起，周宣又想到昨晚跟傅盈那些親密愛戀的動作，傅盈那種極誘惑人的羞意，她越是害羞，周宣就越有一種想捉弄她的感覺。

周宣情不自禁地就將冰氣運起，很輕鬆地就穿到了自己的房間中，傅盈沒在床上，而是在洗手間中洗臉漱口。

周宣溫柔地感覺了一陣子，忽然惡作劇起來！

傅盈正在漱口，將杯子伸到出水處接了水，然後收回來挨到嘴邊，不過杯子傾斜了一下，卻是沒有水倒進嘴裏，不由得詫異了一下，拿到眼前一看，杯子裏一滴水都沒有。

真是怪了，明明接了一杯子水，怎麼會是個空杯子呢？

沒想明白，傅盈還以為剛剛並沒有接進水，沒有多想，又打開水龍頭。這一次接滿了，水都溢出杯子來了。傅盈這才把杯子遞到嘴邊，但還是沒將水倒進嘴裏，再試了一次，仍然沒有水進入嘴裏。

傅盈詫異之極，難道見鬼了？她將杯子放下又一瞧，手裏的感覺明顯輕了，杯子裏又沒有水了，從鏡子裏面瞧著自己嘴裏的泡沫，氣極了，放下杯子牙刷，然後伸手扯了一張紙巾擦了擦嘴，就氣沖沖走地出房，來到她自己的房間裏。

周宣正坐在床上，傅盈氣呼呼地走過去，盯著周宣不說話，很生氣！

周宣趕緊舉了雙手笑道：「盈盈，我錯了我錯了，我認錯！」

傅盈哼了哼，然後再走進洗手間裏漱口。

周宣不敢再作弄她，趕緊起身穿了衣褲，踏上鞋子。

傅盈漱了口出來，恨恨地道：「趕緊下樓來，等一會兒再跟你算賬！」說完急急就出門下樓。

周宣洗漱完，對於傅盈說要跟他算賬卻是一點也不擔心，傅盈說這話明顯是色厲內荏，就算真要跟他算什麼賬，那也是甜蜜的賬吧。

等周宣下樓後，傅盈正陪著老娘金秀梅說笑著，一點也沒有生氣的樣子，剛才的那些氣似乎忘了一般。

周宣覺得傅盈就是這點最好，又純真又大度，哪怕是生氣，過一夜後就忘了。當然，如果是真的做了對不起她的事，那她也絕不會原諒，但像昨晚這些事，她只是吃吃小醋罷了。

天氣很冷，雪依舊在下著，這樣的天氣，周宣也沒打算出去，吃了飯就準備在家裏好好跟一家人聊天看電視。

但妹妹、弟弟、父親還是沒有空，不是周宣沒有孝心，他是早勸過周蒼松了，讓他就在家裏待著，別到店裏幫忙，享享清福就夠了。

但周蒼松是鄉下人，做事勤快慣了，是個閒不住的人，而且古玩店裏的事情對他來說，一是幫兒子們看家業，二是覺得自己有點用處不是廢人，三來，這些事對他來說，根本就算不上事，就當是在玩一般，不僅不累，反而很有興趣。周宣要他回家他可不答應，說多了還跟周宣急，周宣也就由得他去了。

金秀梅也不反對老頭子替兒子看著這些家業，反正也不累，他願意就去吧，古玩店的員工都叫他董事長，說實話，周蒼松心裏也有一種滿足感。虛榮心嘛，誰都有，再說，這店不是自己兒子的嗎？說他是太上皇，是董事長，那也沒有什麼不對，如果自己要，相信兒子也是會給他的，自己兒子，他可明白清楚得很！

吃過早餐後，周宣意外接到了許俊成的電話，說是「周大興」的周開倫來找他，想要見周宣，周宣直接回答道：「老許，這個人我不見，你自己看著搞定吧！」

這個周開倫的囂張態度，周宣在前頭可是看得很清楚了，有了麻煩才來認錯，雖然說商場上沒有永遠的敵人和朋友，但周宣非常不喜歡他，尤其是他自以爲是地死盯著傅盈的時候，那表情彷彿就是天下的財寶女人都是他的，他想怎麼挑就怎麼挑，想怎麼玩就怎麼玩。就憑這個表情，周宣就想把他掄進陰溝裏好好臭一臭！

有老爺子發話打招呼，魏海洪出面，這個周大興在國內的生意怕是難以再做大了，誰讓這周開倫確實討厭呢。

許俊成又說明了最近的情況，找他們周氏公司麻煩的人，都好像掉進大海裏一般自動消

失了。相反的是，周大興倒是接受了嚴厲懲罰。

周宣最後只是跟許俊成囑咐道：「老許，本來呢，做人是要給自己留一條後路，不能做絕，但我現在要說的是，對周開倫，你別管那麼多，他的事也輪不到你我來管，像他這種人，就算你對他好，以後他仍然會反咬你一口，知道嗎？」

許俊成當然知道，周開倫之前可是把他逼得像條喪家犬一樣，如果不是周宣解救他，也許他早就被逼死了。說到底，雖然公司的敗相是他自己賭石引起的，但周開倫對他的狠勁，卻是也明擺著的。

聽到周宣的話後，許俊成又喜悅又激動。周宣對周開倫的態度是他最關心的，如果周宣不願意跟「周大興」交惡，他也只能跟著周宣的步子走，因爲他對周宣是無條件信任的。做事可不能只依著自己的喜好來辦，跟周宣做事，最重要的就是要相互信任，而周宣對他那麼信任，他就不能做對不起周宣的事。

在家裏跟老媽閒聊了一陣，劉嫂做完家務出來，金秀梅拖著她一起看連續劇。

傅盈沒事，就找出一副撲克牌來跟周宣玩。

周宣笑笑問道：「要玩哪一種？」

傅盈正要說一種，但想了想，哼了哼就說道：「不管玩哪一種，你都不准作弊，要是你做弊了，我就罰你……罰你……」

傅盈一時也不知道要罰他什麼，沉吟著。

「這樣吧，要是我作弊了，就罰我親你一下！」周宣笑呵呵地說著。

傅盈啐了一口，惱道：「作夢吧，你作弊還有這種好事？」

「哈哈，要不，就罰你親我一下吧！」周宣嘻嘻哈哈瞎扯著。

金秀梅在旁邊倒不覺得肉麻，只是笑著，裝作沒聽到一般。

周宣跟傅盈嘻鬧玩耍了半天，傅盈每盤皆輸，因爲周宣就算不作弊，但有冰氣探測，對傅盈的底牌瞭若指掌，計算好了要出什麼牌，牌面上雖然沒有做手法，但實際上還是等於用冰氣作弊了。

第一二七章

橫遭惡霸

前面那輛賓士車門一開，
跳下一個年紀約二十四五的年輕男子，
先是瞧了瞧自己的車，然後又瞧了瞧周宣這邊，
見周瑩下了車正在拉車門，立即便氣沖沖跑過來，
什麼話都沒說，直接給了周瑩狠狠的一巴掌！

一開始傅盈還跟他鬧著玩，時間一久就沒興趣了，因爲從頭到尾都輸，知道周宣肯定用了冰氣，便不依了。

「不准你耍賴！」傅盈生氣地嗔道。

周宣笑嘻嘻地道：「我也不想耍賴，但自個兒就是看到了，我也沒辦法！」

金秀梅看到兩人在鬥嘴，便過來幫傅盈，說道：

「不准耍賴，盈盈，逮著就罰他，媽幫你忙！」

傅盈直是笑，欲言又止的，最後才說道：

「媽媽，他……他眼睛賊得很，我的牌不管怎麼藏，他都看得到的！」

金秀梅一愣，當即道：「我就不信邪了，盈盈你等著！」說完，就到裡面找了條厚實的毛巾出來，先蒙在自己眼上試了試，確定不可能看得穿，然後才拿到周宣面前道：

「你給我老實點，媽給你把眼蒙上了，看你還怎麼瞧！」

傅盈咬著唇，無可奈何地道：「媽，你……那樣也是沒用的！」

金秀梅不相信，把毛巾蒙在周宣頭上，遮住了他的眼睛，然後對傅盈道：

「盈盈，我試過了，看不透！」

「媽！」傅盈微笑著搖頭道，「沒用的，他……他記性好得很，就算蒙住了眼，他也知道這牌是什麼的！」

金秀梅自然是不信，她怎麼不知道自己的兒子，當即抓起撲克牌，隨便取了一張問周宣：

「蒙了眼也能記得？小時候你讀書是很聰明，但還沒有這麼聰明吧？兒子，我手上是什麼牌？」

「撲克牌！」周宣一本正經地回答著，結果惹來金秀梅狠狠敲了他一下頭。

「老實點！說，我手裏拿的這張是什麼牌？」金秀梅又問他，但心裏仍是不相信兒子能知道的。

周宣呵呵直笑，然後說道：「我的眼睛都被蒙住了，哪裡能知道，也許是紅桃三，也許是黑桃四！」

金秀梅一怔，她手裏拿的正是一張紅桃三！

但周宣說這話的語氣是像開玩笑似的，一點也不正經，在金秀梅看來，心裏覺得兒子是無意中猜對的成分更大，後面不是還有一句「也許就是黑桃四」嗎！

金秀梅隨即又從撲克牌裏取了另一張出來，是張黑桃九，又道：

「那你再猜猜我手裏是什麼牌？」

周宣笑道：「媽，我又不是神童，我說笑的，哪裡記得到那麼多牌，五十四張牌，你隨便拿一張黑桃九紅桃二什麼的，我怎麼猜得到？」

金秀梅又呆了呆，聽兒子像是胡說八道的，但是不可能接連兩次都說對吧？就算亂猜，也不可能每把準的。

金秀梅想了想，趕緊把手裏的撲克牌混到一起，然後亂七八糟洗了幾遍，準備抽一張出來時，瞧了瞧兒子，又背轉身子，臉瞧著兒子，手卻把撲克牌藏到了身後，再偷偷抽出來一張，自己也不瞧，問道：

「兒子，你再猜一次給我看看，我還就不信邪了！」

周宣笑道：「媽，我瞎矇你也信啊？那我就亂猜了。嗯，是一張方塊J。」

金秀梅這才把手從背後拿到面前來，手裏的牌卻正是一張方塊J，不由得愣住了，好半天才說道：「不行，這毛巾可以偷看到！」

說著又左右瞧了瞧，見沙邊上放了一件皮衣，立即拿過來又蒙在周宣頭上。

周宣只是笑，傅盈說道：「媽媽，沒用的，他……他知道的！」

金秀梅哪裡肯信，又推著周宣背轉過身去坐著。

眼睛上蒙了一條毛巾，又在頭上蓋了一件又厚又大的皮衣，這應該不可能再作弊了吧？

傅盈又是微笑又是搖頭，她當然明白，別說遮了這兩樣東西，就算是再給周宣頭蓋上十床八床的厚被子，他還是一樣能知道！

金秀梅瞧了瞧，這才滿意地罷了手，又拿起撲克牌，胡亂再洗了幾遍，然後又抽了一張出來，這張是個梅花八，問道：

「我手上是什麼牌，兒子？」

周宣嗡嗡地道：「媽，你在我頭上蒙了條毛巾，再蓋了這麼厚一件大皮衣，然後才抽了張梅花八黑桃二什麼的牌出來，我能知道嗎？」

金秀梅一呆，隨即又笑又詫，說道：「兒子，你到底怎麼弄的？真是奇怪了，這樣也能瞧見我手裏的牌？」

「我瞧不見的，我只是胡猜瞎矇的！」周宣把皮衣拿起來，又取下毛巾，然後轉過身來笑道：「媽，我瞎矇的你也信啊？我說我是神仙，媽信不信？」

金秀梅笑罵道：「你是個大頭神！」

周宣笑笑道：「我是神仙的話，那盈盈就是七仙女了，我媽就是王母娘娘！」

金秀梅嚇了一跳，忙道：「可別瞎說胡說的！」

鄉下人是十分信神信佛的，雖然沒見過，但心裏總有種不能得罪神佛的念頭，兒子說他自個兒跟傅盈是金童玉女都沒什麼，但說她是王母娘娘就太過頭了！

金秀梅惱了一下，低下頭瞧著自己手裏的撲克牌後，忽然又想起剛剛跟兒子玩的這個認牌猜牌遊戲，好奇心又起來了。

「兒子，你這個認牌到底是怎麼弄的？」金秀梅想不明白，的確是很好奇。

「媽，其實很簡單，我並沒有透視的功夫，我也不是神仙，我只是記性好！」周宣跟老娘瞎扯起來，一邊笑一邊道，「我記性不知道怎麼搞的，越來越好了，看什麼都能記得住，而且我聽力也好，一丁點的動作我都聽得到，所以無論你怎麼洗那副撲克牌，我都聽得到！」

金秀梅笑罵道：「就跟你老娘瞎扯吧！」

這場大雪一連又下了三天，天終於晴了，不過太陽光似乎沒有什麼熱度，雪在太陽光下沒有融化的跡象。

下大雪的這幾天，李爲難得的沒有過來騷擾周宣，不過雪一停，才剛剛吃早餐的時候，李爲就又不請自到了。

金秀梅其實還挺喜歡李爲的，也聽周宣說過了，李爲是跟洪哥家一樣的大貴家庭，但李爲除了說話直，性格魯莽一些，倒是沒有別的毛病，這種性格在她看來，她反而覺得十分純樸，至少李爲沒有官家子弟那種盛氣凌人的樣子，一點也不囂張妄爲，對她也很有禮貌，到家裏對她阿姨阿姨的，叫得很親熱。

金秀梅當即叫劉嫂多盛一碗飯，李爲也不客氣，接過碗就吃了起來，呼呼啦啦就吃了兩碗。

周宣奇道：「李爲，你這些天在家沒吃過飯嗎？」

「吃過了，」李爲老老實實地道，「可是你們家的飯菜比較好吃！」

周宣笑了笑，說道：「李爲，你還真能吃！」

金秀梅當即嗔道：「周宣，怎麼這樣子說人家？」

李爲不會生氣，他知道周宣也是說笑的，是因爲把他當成自己人才這樣肆無忌憚。

「我知道你說我是飯桶，但我現在是長身體的時候嘛，吃得多也正常！」李爲大言不慚地解釋著。

周宣差點一口飯噴了出來，好不容易才忍住，一桌子邊的人都笑了起來。

李爲都二十六七的人了，還長身體的時候？

吃完飯，周宣對傅盈道：「盈盈，今天也放晴了，我們到街上逛逛吧。」

傅盈點點頭，想了想又說道：「天冷路滑，那輛布加迪威龍底盤低，不適合雪天開啊。」

周宣偏著頭想了想，然後道：「不開那車了，反正沒事，我們就到車市看一看，有中意的車就買幾輛，一直就想買車的，今天總算有時間了！」

傅盈拍了拍手，興奮地道：「是啊，我倒是忘了，要給弟妹和爸爸每人送一輛車的，今

天正好想起來了你又有空，我們一起去。」

「要買車啊?那好啊，我熟得很！」李爲哈哈一笑，說道，「我來給你們帶路，車市我也熟，想要買什麼樣的車？」

「我想給弟妹爸爸都買一輛車，自己也要，有個車出去總是方便一些，要買什麼牌子的車，得到車店瞧瞧再說，貨比三家嘛！」傅盈微笑著說著，不過她雖然沒說出口來，但心裏早有決定，給弟妹買的車，總不能買太便宜的車。

李爲笑笑道：「先看看也好，不過買車最好就別買日韓車，車皮薄不禁撞，不安全！」

準備出門的時候，周瑩意外地回來了。

「哥，我要回古玩店這邊來了，解石廠那邊有趙二哥看著，最近許總又招了很多員工，陳師傅的老朋友又到了好幾個。現在解石和雕刻師傅一共有二十多個了，許總把工廠分成了兩部分，一部分解石，一部分雕刻，保安有八個人，那邊幾乎沒我的事了，我待著也只是看電視，乾脆回來坐坐，跟媽逛逛街！」

周瑩一邊說著一邊往屋裏走，傅盈卻一把拉住了她，笑說：「妹妹，別進屋了，我帶你出去逛街買車！」

周瑩不知道傅盈是要給她買車，以爲是她自己要買，也就跟著出去，說道：「嫂子，那我換套衣服吧？」

傅盈拉著她就往外面走，說著：「妹妹，別換了，嫂子等會兒給你買！」

李爲今天沒有開他那輛以前的軍用吉普車，開的是一輛奧迪A6，車牌也只是普通的牌子，並不是軍牌。

李爲開車，周宣坐他旁邊，傅盈和周瑩坐後面。李爲今天開車十分規矩，沒有超速，用普通的速度開著。

李爲一邊開車一邊問道：「漂亮嫂子，你要買什麼牌子的車？」

傅盈對李開很有好感，笑吟吟地道：「李爲，嗯，先找幾家進口車店看看吧，女孩子嘛，寶馬啊，保時捷啊，這些牌子都不錯，先給妹妹訂一輛車！」

周瑩一怔，隨即道：「嫂子，你是要給我買車？……不用了，我不要，我也不會開！」

傅盈笑了笑，說道：「妹妹，這個你不用擔心，開車我來教你，再拿個駕照就行了！」

周瑩求助地望著周宣，叫了聲：「哥！」

周宣呵呵一笑，道：「小妹，嫂子給你買什麼你都拿著，別人的不能要，但嫂子和哥哥買的你必須得要。再說，你也是古玩店的老闆之一，可是有幾千萬身家的人了，開輛車又怎麼啦？」

李爲也哈哈笑道：「是啊，哥哥嫂子買的你不要，還能要誰的？我哥和我嫂子還不給我買呢！」停了停又道：「還有駕照的事，別擔心，我來給你們辦，這事好說，你們只要學會

開車就行了！」

周瑩左瞧瞧右瞧瞧，平時裏都是膩著哥哥，但今天周宣卻沒理她，一副心思都依著傅盈，也就沒話說了，看來哥哥和嫂子是真要給她買車，那就買吧！

李爲不知道傅盈想買什麼價位的車，也不知道傅盈到底有多少私房錢，對有錢人來說，一輛車兩三百萬是很平常的，現在有錢人玩的東西是用錢堆出來的，而不是像以前，一般人只知道寶馬賓士的。

西城臨近郊區的地方，汽車銷售店特別多，新城區建設規劃之初，便有意在這片地區建一個汽車銷售中心，以取代老城區地點。

「漂亮嫂子，過前面那條街就到了，第一間就是保時捷專賣店，要不要看一看？」

李爲先問了一下，他特意把保時捷的名字說了一下，傅盈看起來像是懂車的，應該能明白他的意思。這些車動輒都是上百萬至數百萬，甚至超過千萬的價格，要是傅盈只想買幾十萬的車，那就可以不用看了，直接開過去瞧別的。

李爲並不知道傅盈在美國的身分，也不知道她就是美國華人首富傅家的人，要是知道，他自然不會想這麼多了！

「看看吧！」傅盈似乎並不擔心錢的事，淡淡地回答著。

李爲心裏有些嘀咕，該不會是她根本就不知道保時捷的價錢啊。

在車店外停了車，李爲大搖大擺地在前頭帶路進去。

店裏的幾個店員立即迎上前來，不過看到他們幾個人都是年紀輕輕的，而且瞧他們幾個人的衣著也不是很奢華的牌子，熱情度就降低了不少。他們這兒的車，可是隨便就要過百萬的價錢，來看車的人倒是不少，但能真正出手買下的就不多了。

這裏可不像那些經濟型的普通車，頂多幾十萬而已，看了車就可以立刻訂下來。他們這兒賣一輛車出去，能分紅好幾萬，而那些十來萬的普通車，銷售一輛只有幾百塊的提成，兩相一比較，可說是天差地別。

幾個店員同時都被傅盈那驚人的美麗震住了，像這麼漂亮的女孩子，男朋友應該是特別有錢的吧？不過，看周宣和李爲這兩個人的樣子，又不像特別有錢的人。

車店展示廳至少有六百坪，一共停放了八輛車，周宣一眼就瞧中了一輛紅色的款式，因爲是買給周瑩的，這展示廳裏適合女孩子的只有那輛紅色的，又嬌小，外形也好看。

傅盈也瞧中了這輛，挽著周宣的手腕一起走了過去，而周瑩顯然有些不習慣，見那些店員用審視的眼光盯著她，心裏更有些發慌。

周瑩很容易就被人瞧出來，一身的衣服都很普通，上上下下不超過五百塊錢，李爲雖然身處特殊的家庭，但卻沒有花錢如流水的習慣，也沒有那麼多錢來花天酒地，跟朋友們胡天

胡地的事雖然多，但也不可能隨手就是幾百萬的閒錢。

李爲看得出那幾個店員的眼光又賊又毒，當即拉了周瑩的手，大聲說道：

「小瑩，好好瞧瞧這些車，瞧中哪一輛就買哪一輛！」

另一邊，傅盈拉著周宣圍著那輛紅色的車轉了一個圈，其中一個女店員就過來介紹著：

「先生，小姐，你們是看中這輛車了嗎？這款是保時捷……」

傅盈對她擺擺手，然後對周宣說道：

「這一款是保時捷九一一，二〇一〇款，四人座，是V6雙渦輪增壓對置式發動機，最高時速可達三百二十九公里……」

那個女店員頓時呆了，傅盈對這車的瞭解似乎比她還要多，還要熟悉！

周宣對車不懂，對這樣的好車就更不懂了，但傅盈說的最後一句「最高時速可達三百二十九公里」，他還是懂的，皺了皺眉道：

「這個速度也太快了吧？不太安全，女孩子還是開輛溫柔的車吧！」

傅盈笑笑道：「那你就不懂了，這車的安全係數是很高的，車速雖然可以達到這麼高，但不是說你一定就要開這麼高速，妹妹性子柔和，開車也會開得慢的，這你就不要擔心了，我覺得這輛車不錯！」

說著，傅盈又側頭對那女店員問道：「小姐，這款車要多少錢？」

那女店員呆了一陣子，然後才回答道：「這款車在國內的售價是三百二十六萬！」

在女店員心裏估計她報了這個價後，他們就會走了，聽他們的意思是要買給妹妹的，買來送人就更不會買這麼貴的車了！

但傅盈卻是微笑著對周宣道：「周宣，就給妹妹買這輛車吧，小姐，我訂了，這車有現車沒有？」

那女店員又呆了呆，然後才搖搖頭道：

「沒有現車，如果要這一款，您需要交付十萬元的訂金，三個月才能交車！」

傅盈點點頭，然後取了銀行卡和身分證遞給那女店員，說道：

「就要這款車了，我先付十萬訂金吧！」

那女店員又驚訝又激動，沒料到幾個同事都不大看好的客人，她隨意過來招呼了一下，生意就成交了！

這時，李爲也拖著周瑩過來，傅盈拉著她說道：

「妹妹，你看看，就這一款吧，車內空間是稍爲小一點，但是你個頭小，還有四個座位，這種轎跑車很適合你，嫂子就給你訂這款車了！」

李爲怔了怔，這款車他可是知道，傅盈出得起這個價錢嗎？

幾個人一起跟著那女店員到櫃檯邊辦手續，李爲親眼瞧著那女店員開了十萬元訂金的單

子，上面清楚寫著車價三百二十六萬元！

接下來，傅盈在帳單上簽了名，然後又對周宣說道：

「周宣，妹妹的車買了，我們再去給弟弟爸爸選車吧！」

那女店員一愣，這會兒聽明了，趕緊說道：「小姐，先生，我們這兒同樣有男士喜歡的車款啊，我們展示廳裏可是有八款車型！」

傅盈搖了搖頭道：「女孩子買輛紅色跑車比較時尚，但老年人和我小叔那樣的年輕男士就不適合跑車了！」

那女店員陪著笑臉又道：「哦，那您想要選什麼牌子的車？喜歡什麼款式的車？」

這女店員見周宣和傅盈這幾個人是真的買家，而且是大買家，估計還要買兩到三輛車，她們雖然開的是保時捷專營店，但哪會沒有其他車款品牌的同行？要是介紹同行做了這筆生意，同樣也是會有介紹費的。

對於那女店員的推薦，傅盈倒是沒有什麼意見，因爲她知道，不管這女店員私下跟另外的品牌銷售員有什麼瓜葛，那也只是她們的提成再細分的問題，不會增加車價，基本上，一個城市的車價都是一樣的。

那女店員介紹的是寶馬店的朋友，周宣他們等了沒多久，她的朋友就開了車過來迎接，傅盈和周宣坐了這個男店員的車，李爲載了周瑩，一齊到了寶馬銷售四S店。

在這裏，傅盈幾乎沒多說什麼就直接挑選了三輛寶馬車，一台銀色，一台黑色，一台白色，銀色的給周濤，年輕人，這個顏色有活力，黑色的給周蒼松，白色的她自己要。

這些寶馬車是國產寶馬，四S店報價是六十二萬八千六百，兩個月交車。每輛車的訂金是兩萬，三輛車一共是六萬訂金。

這三輛車的價錢加起來都沒有前面訂的那輛保時捷九一一的價錢多，不是傅盈捨不得花錢，而是因爲她覺得周濤和周蒼松開跑車不合適，再來，這個車的費用比較少一些，日常用正合適。這一家人都是很純樸的，傅盈可也是周宣家庭的一份子啊。

車訂下了，交車的時間是兩個月到三個月，在這期間，可以讓周濤、周瑩、周蒼松父子三個人把車學會的。

從寶馬四S店出來，李爲開了他的奧迪，周瑩不經意地又坐到了前面，周宣和傅盈依然坐到後排。

上車後，李爲一邊開車一邊笑道：「漂亮嫂子，我可沒想到，你這麼有錢啊，唉……」

傅盈嫣然笑道：「怎麼？你是不是想向我要車？好啊，只要你敢要，我就敢買，要不要開回去？」

李爲呵呵一笑，趕緊把車開上公路，笑道：

「漂亮嫂子，我想要，但是不敢要啊，要是我老子知道了，那還不得把我皮給剝下來啊……」

李爲話音未落，車子驀地裏「轟」的一聲大響，這輛奧迪車給撞得在原地打了半個轉，好在李爲的車速極慢。

撞他們的那輛車，是一輛深色的賓士S600的車，那車開得很快，撞了車後，還向前跑了十來米才停下來。

這輛奧迪是被撞在斜面，受力的是李爲那一邊，安全氣囊彈了出來，頂得他暈眩了一陣。

後排的傅盈和周宣也都被甩到車門上狠狠撞了一下，傅盈明傷是沒有，但卻給撞暈了，周宣額頭撞在另一邊車門上，破了一個小口子，血流到臉上挺嚇人，其實傷勢不重。整個車上唯一沒受到傷也沒被甩到的就是周瑩，不過卻是嚇到了。呆了呆，她拖了拖李爲，拉不動，趕緊又打開車門跳下車，想把周宣和傅盈拉下車！

前面那輛賓士車門一開，跳下一個年紀約二十四五歲的年輕男子，先是瞧了瞧自己的車，然後又瞧了瞧周宣這邊，見周瑩下了車正在拉車門，立即便氣沖沖跑過來，什麼話都沒說，直接給了周瑩狠狠的一巴掌！

周宣和李爲這時候正掙扎著下車，瞧到這個樣子，眼都氣紅了。

李爲因爲被安全氣囊給卡住了，一時掙扎不出來。周宣卻是搖搖晃晃竄下車，先趕緊扶起被那人打得摔倒在地的妹妹周瑩，又擔心車上的傅盈和李爲，妹妹給打了這一巴掌，似乎還沒從驚恐中省悟過來。

瞧著妹妹臉上紅腫的臉，臉上五條鮮紅的指印頗爲清晰，顯然那人這一巴掌打得很重，周宣把妹妹扶到路邊坐下，這時很多行人都停下來觀看。

周宣一言不發便衝過去，扭著那個年輕人狠狠就是兩拳，打得他直淌鼻血。那人使勁掙脫了周宣的手，然後迅速跑開十多步，掏出手機就打電話叫人。

周宣理都不理他，趕緊把傅盈弄下車抱到周瑩身邊，周瑩流著淚水扶著傅盈，叫了聲：「嫂子！」傅盈還沒清醒，自然不能回答她，周宣用冰氣測了測傅盈，還好，傅盈只是受到碰撞，一下給撞暈了，身體並沒有別的傷勢。

周宣又趕緊回到車邊上來拖李爲。李爲只受了點輕傷，但因爲被安全氣囊卡住了，身上又綁了安全帶，弄也弄不脫，剛剛瞧到那人下車衝過來打了周瑩，一時間氣得臉都綠了，但拼了命也掙脫不開，嘴裏不由得喃喃怒罵。

周宣運出冰氣，把幾個點轉化吸收，順勢把李爲給拖了出來。

李爲一下車，二話不說，衝過去就追打著那個打電話的年輕人，邊打邊罵：

「老子打死你個××的，叫你撞車，叫你打人！」

那年輕人剛剛被周宣兩拳把鼻子打破了，正打完電話叫人，這時李爲又衝上去打他，當即揣了手機跟李爲扭打起來，嘴裏也不示弱地罵道：

「媽的，你知道不知道老子是誰？撞了老子這車，你們賠得起嗎？敢打老子，等一下才叫你們好看！」

李爲平時就是不認輸的主，沒料到這傢伙竟然更離譜，今天這場車禍，按理來說，就是對方追撞的問題，自己車速極慢，而他的車速極快，超過了八十邁，這個路段可是限速的！

本來開車出車禍是很正常的，沒按照交通規則也是很正常的，否則哪來那麼多車禍？但出了車禍，反而還理直氣壯的，更讓人不能忍受的是，他一下車就打了周瑩一巴掌！

因爲這車禍是突發性的，周宣根本就沒料到，但過了一陣他才省悟到，瞧那傢伙剛剛那個囂張樣，他肯定是叫了一大群地痞流氓來，這可就有些麻煩了，這是在國內，自己總不能把他們都弄殘弄死吧！

想到這裏，周宣趕緊上前把李爲拖了回來。李爲臉紅脖子粗的，嘴裏直叫道：「奶奶的，我非把他給打殘不可！」

「李爲，你聽好了！」周宣死命地把他拖回來，沉聲道：「李爲，他已經打電話叫了人，等一下搞不好我們會吃虧，你先帶著你嫂子和周瑩離開，我來跟他們交涉！」

周宣心裏知道，只要李爲離開了，他就會找到人來，自己在這兒，那年輕人是不會逃的，因爲他認爲他很有勢力，自然不會讓周宣他們輕易脫身，不過，周宣留下來是有冰氣爲恃，要自保是沒有問題的，而且周宣也絕不會放過這個人，因爲他打了妹妹周瑩，這是他絕不能忍受的。他的家人，他絕不能讓外人欺負！

李爲基本上也是同樣的想法，有他跟在一起，周瑩居然被別人打了，這個事要是傳出去，那他李爲就丟臉丟到家了，肯定還要被老爺子和他老子罵。不過剛剛周宣提醒了他，他趕緊把手機拿出來，想了想，打給了他老子李雷。

「爸，出事了！」

李雷怔了怔，隨即問道：

「出什麼事了？」

李雷很奇怪，因爲自己這個小兒子是個惹禍精，從小到大惹的事多不勝數，但他有一個特點，就是惹事了從不向他說，因爲要是他知道了，一定會狠狠揍他一頓，這一次倒是有史以來的第一次，李爲主動跟他報告！

「爸，我開車陪宣哥和嫂子還有宣哥的妹妹來看車，剛上路就被別人撞了，是那個人的錯，把我們撞了不說，一下車還狠狠打了周瑩一耳光，又打電話叫了人過來，囂張得很，我怕他叫人來是要打宣哥他……」

話沒說完，李雷就打斷了他的話，沉聲問道：

「說，你們現在哪裡？」

李爲趕緊跟他老子說了地址，沒等再說，他老子就已經掛了電話。

周宣用冰氣幫傅盈恢復了一下，傅盈才緩緩舒醒，揉了揉頭，看到紅腫著臉流著淚的周瑩，才想起來發生了車禍，見到周宣和李爲都好好的，這才鬆了一口氣，但周瑩臉上傷痕十分明顯，不禁仔細瞧著問道：

「妹妹，你……傷到了嗎？」

周瑩見嫂子醒了，也放了心，趕緊搖搖頭道：「嫂子，我沒事！」

李爲卻是跟那個年輕人對峙著，相互瞪著眼，那個人也不傻，瞧李爲的這輛車雖然是奧迪的，但很舊了，要是當二手車買，要不了多少錢，他那車可是剛買的新車，兩百六十萬，從車就能看出人來，想必李爲這幾個人也不是什麼有來頭的人，加上他自恃自己來頭很大，打人欺負人是天經地義的，遇到他的人可都是自找苦吃！

周宣本以爲這傢伙叫的是地痞流氓之類的人，但沒想到，只過了五六分鐘，急馳而到的竟然是四輛警車，車一靠邊，急匆匆就下來十來個人，一半是交警，一半是派出所民警。

那個撞車的年輕人立即指著周宣、李爲說道：

「就是他們……他們幾個人打我，先逮起來！」

李爲也沒料到這傢伙叫來的人是交警和民警，聽他說話的口氣不像是報警的，倒像是叫自己的家裏人一般。

而七八個民警也是二話不說，立刻過來就拿手銬銬人，銬了人才說：

「你們涉嫌傷人，我們要帶回所裏調查！」

這幾個民警把周宣和李爲雙手反銬起來，動作很粗魯。

李爲痛得呲牙咧嘴的，惱道：「你們他媽的這純粹是徇私枉法，銬我？知不知道這手銬銬上了就不好拿下來了！」

「喲，還挺橫的，敢銬你還怕你不成？你要樂意，你愛戴多久就戴多久！」

銬李爲的那個民警聽李爲的口氣也很囂張，他們平日裏也是橫慣了的主，哪裡會客氣，要橫也只有他橫，哪裡輪得到李爲；再說，他們來可是受別人所託，背後的主可是他們的頂頭上司，這種可以獻功拍馬屁的事，那還不搶著來！

第一二八章

誤觸地雷

那幾個交警有些發愣，隨即便明白，
這些士兵不是隨便冒出來的，是那兩個被帶走的人引來的。
這一下怕是踩到地雷了吧，看其中幾個軍人身上的軍階，
可都是高階級的，這個雷，怕是踩得有些大了！

傅盈和周瑩看見周宣和李爲被銬起來了，又驚又怒！

「你們憑什麼銬人？就算出車禍，也沒有銬人的道理，交通事故可沒有抓人一說吧？」

傅盈雖然生氣，但理智還在，也懂警察處事的流程，而且抓人的竟然是民警，處理交通事故的應該屬於交警吧。

那民警一聽傅盈的話，愣了愣，隨即又被傅盈的美麗所震驚，馬上說道：

「交通事故是交警處理，但有人報案說他們兩個打人，當事人還在呢，這就屬於民事糾紛了，當然歸我們民警管！」

周宣瞧見那個打周瑩的人正在一邊跟民警交警擺手吩咐，一邊還在打電話，心裏氣得不得了，他倒不是氣他對自己和李爲無禮，也不計較撞車，就算責任全在那個人身上，周宣都不想多計較，但唯一不能容忍的就是他打妹妹的事，這件事他絕不能善罷干休！

周宣想了想，自己和李爲被銬走，對他也未必就是壞事，這些民警就是爲了那個傢伙出頭，對他們兩個越狠，那他對那個傢伙的報復就越厲害！

周宣當即冷靜地沉聲道：「盈盈，你照顧一下妹妹，這事我和他沒完！」接著又對李爲道：「李爲，別動了，他們愛把咱們逮到哪兒就哪兒，你忍一忍，打周瑩的事絕不能善了！」

李爲一怔，立刻停止了掙扎，周宣的意思他馬上就明白了，一開始在車上不能動彈的時候，那個人一巴掌狠狠打了周瑩，他就怒火中燒，當著他的面打了周宣的妹妹，這事除非不讓家裏人知道，要是知道了，他老子，他爺爺，恐怕都得扇他的大光子。當初他要跟著周宣的時候，爺爺可是專門批准讓他跟著周宣的，既有讓他爲周宣服務，又有讓他跟周宣拉近關係的意思。

李爲當然明白，現在竟然有人當著他的面打了周瑩，看周宣那個憤怒難受的表情，李爲就更不能忍受了。這事別說周宣要報復，就算周宣想息事寧人，他也絕不能答應放過那個傢伙！

幾個民警把李爲和周宣推上警車，在上車的時候，還聽到那個撞他們車的年輕人叫嚷著：「把他們先關起來，我得趕緊算算車子要他們賠多少錢，他們打我又要賠多少……」

那個民警頭頭模樣的人在車窗裏伸出頭來，對那些交警笑道：

「小楊，我們先撤了，這邊的事就算我們辦理了，車那邊的事歸你們了！」

車裏的李爲只是冷笑，一言不發。

開了車後，旁邊的民警推了推他，喝道：「老實點！」

周瑩瞧著警車開遠了，急得直哭，傅盈扶著她安慰道：

「妹妹，別哭，你放心，你哥可不是任人欺負的，再說還有李爲在呢，別說你哥了，就

是一個李為，他們等會兒就是吃不了兜著走！」

為了保險，傅盈趕緊又拿出手機準備給魏海洪打一個電話，只是手機才剛剛掏出來，就見到五六輛軍用吉普車急馳過來，停在她們這邊的車禍現場。

只聽有人叫道：「是這兒，停車！」

傅盈一聽，那個說話的聲音很耳熟，當即抬頭一瞧，見領頭的人，竟然是在魏海洪家裏見過一次的李雷，他應該是李為的爸爸吧。

聽周宣說過，上次到雲南賭石，那兩個軍人保鏢就是他派的，這個可是大軍區的副司令官，高級將領，有他來，就不用給洪哥打電話了！

「李大哥！」傅盈叫了一聲，李雷瞧見她，臉色緩和了些，沉沉地走過來問道：「小傅啊，這到底是怎麼回事？」

傅盈把周瑩拉過來，指著她紅腫的臉蛋回答道：

「李大哥，我們今天是專門來買車看車的，李為開車，我跟周宣坐後排，妹妹坐前排，你看，就是從這兒出來，車開得很慢，那個人……」

傅盈說著，又指著遠處還囂張著的那個人說道：

「就是那個人，開了車撞了我們。他開得很快，結果撞了我們的車不說，還賴我們撞他，我妹妹一下車就給那人一巴掌打在臉上，臉都腫成了這個樣子了。周宣和李為上去跟他理論，結果那人就叫了人過來幫忙，只是沒想到來的都是員警，剛剛把他們兩個銬起來帶回去了！」

李雷聽了，臉色極爲難看，瞧了瞧正在做交通現場處理的交警，又瞧瞧那個囂張的年輕人，當即對身邊的士兵說道：

「把那個人給我逮起來！」

司令員一句話，他身邊的士兵立即竄出幾個來，二話不說，衝過去就把那傢伙給抓了起來。

他這些兵可都是特種兵，平時就是如狼似虎的人，手腳厲害得很，逮個普通人還不是像抓小雞一般輕鬆。

那傢伙給擰得疼得哇哇直叫，兩名士兵提著他走過來，把他摔在李雷腳下，然後行了個軍禮，說道：「報告首長，人帶過來了！」

李雷沒穿軍服，身上只是普通的夾克，外人看起來也瞧不出有什麼不同。那六七個交警有些詫異，這年輕人是他們這裡分局局長的妻侄，他們就是爲他出頭的。但他們也都明白，一般情況下，千萬不要惹當兵的。

雖然軍政互不干涉，但當兵的在地方上向來十分強勢。很簡單的一個例子，他們交警就不敢攔查軍車，軍車哪怕亂停亂放或者運違禁品，他們可是睜隻眼閉隻眼，從來不會過問，

看到了也當做沒看到。

不過，現在這些軍人有些奇怪，一下來了四五輛車，下來十幾個人，還逮了他們局長的妻侄，會不會是誤會了？

當即就有三四個交警過來，其中一個說道：

「這個……長官，您是不是誤會了？這個人……」

李雷冷冷道：「誤會什麼？車禍中的那兩個人，你們帶到哪兒去了？說！」

李雷說完，又對身邊的士兵吩咐道：「瞧這些交警就沒按法規辦事，你們先把現場拍下來，現場的情況和責任都記錄下來，這可是證據！」

那幾個交警有些發愣，隨即便明白，這些士兵並不是隨便冒出來的，而是那兩個被帶走的人引來的。

這一下怕是踩到地雷了吧，看其中幾個軍人身上的軍階，可都是高階軍職的，隨便帶出來的手下就有團級軍官，這個雷，怕是踩得有些大了！

李雷又吩咐道：「把這些交警都給我擰到車上，把車開到關押人的地方去，還有，趕緊說，那些員警把人帶到哪裡去了？」

擰那個人過來的士兵便在他屁股上踢了一腳，喝道：

「趕緊說，人給帶到哪兒去了？」

他踢的這一腳看起來不重，但那個年輕人卻痛得大叫起來，馬上說道：

「我說我說，帶……帶到城關派出所去了！」

李雷當即一擺手，沉聲道：

「把人都帶到派出所去，我倒要瞧瞧他們怎麼處理！」

另一邊，周宣和李爲給帶回派出所後，一停車，幾個民警就把他兩個推下車，嘀嘀咕咕地往辦公大樓裏去。

因爲對方有背景，這些民警也沒有把周宣和李爲關到臨時拘留室裏，而是直接帶到了審訊室。

按理說，到派出所後，一般的小偷罪犯都是要解開手銬的，就更別說像周宣李爲這種根本就沒犯事的。但那些個民警好像都忘了這回事一樣，他們不提，周宣和李爲也不提，其實這時候，這些民警就算要解開，李爲也不會讓他們解！

審訊室裏有一張辦公桌，桌上有一台電腦，中間倒是有幾張椅子，但進來的一個民警不讓周宣和李爲坐在椅子上。

拿手銬銬李爲的那一個民警，坐在辦公桌後面，頭也不抬地說道：「姓名，年齡，把打人的經過說出來！」

李為哼了哼，淡淡道：「你囂張個什麼勁？別說我沒犯罪，就算犯了罪，那又關你鳥事？」

那民警一呆，立刻一拍桌子，站起來怒道：

「媽的，你活膩了是不是？也不瞧瞧這裏是什麼地方，有你囂張的份嗎？犯沒犯罪，老子說了算，老子說你沒有就沒有，老子說你有你就有，幾時輪到你小子說話？聰明點，就把打人的事交代出來！」

李為氣得一塌糊塗！

「宣哥，你…你你……你把手銬給我弄掉，我要揍他個狗日的！」

李為將手上的手銬一陣亂甩，但一雙手給銬在了背後，想打人也辦不到，不過嘴裏卻是催著周宣把手銬弄掉，因為他直覺感到，周宣能把這手銬變走。

一向就只有他打人惱人的，沒想到今天卻被這麼幾個傢伙整來整去，李為的惱怒確實將他搞昏了頭！

周宣當然可以將手銬弄掉，但他卻沒有動作，因為他知道，面前這個傢伙越囂張，等一會兒才會栽得越慘！

就在李為氣糊塗了、周宣尚在思索的時候，門口走過來一個五十多歲的男子，臉色沉沉地說道：「你們民警辦案就這素質？一口一個老子，要是你是他老子，那我算他什麼？」

說這話的，正是李爲的老子李雷！

周宣心裏一喜，心知李雷一到，事情就解決了。

李爲也是一怔，隨即喜道：「爸，你來了？」

那民警先是一怔，瞧了瞧李雷的樣子，眼神雖然有點淩厲，但穿得很普通，一個半大老頭，在他這裏嚎什麼嚎？

「什麼水準、什麼素質關你屁事？」

那民警怒了起來，威信受到了打擊，哪裡還忍得住，罵道：「這裏是什麼地方？哪由得你在這裏叫叫嚷嚷的？來人啦……給我逮起來！」

暴怒之下，那民警就想要叫保安進來，把這老頭先關起來再說。對他來說，這老頭算是人身攻擊了，至少得把他關個半天吃點苦頭！

誰知道，老頭沒被來人抓起來，自己身後卻竄出兩名穿軍裝的士兵，上前二話不說，一人踹他一腳，隨即扭手卸槍，這一下動作又快又狠，痛得他大叫了一聲！

要說他也是經常練搏擊打鬥的，但在這兩名士兵面前卻是一點反應也沒有，給人像擰雞狗一般擰了起來。

李雷淡淡道：「擰到大廳裏，把所有人都集合起來！」

等兩名士兵把那員警擰出門後，李雷又對周宣說道：

「小周老弟，再委屈你一會兒！」

周宣點點頭回答：「李大哥，我沒事，委不委屈都是小事，但我妹妹給打了，這事我不能忍！」

「我知道，你放心，一切有我呢！」李雷伸手輕輕拍拍周宣的肩膀，周宣給反銬著，拉手都不能，李雷陰沉著臉，走出審訊室。

大廳中，辦公大樓裏的工作人員幾乎都給李雷的士兵趕到這裏集合了，一個個都不明白發生了什麼事。

其中一個士兵搬了一張椅子放在廳中間，李雷沒有坐，而是拉著周宣，讓他坐下，但因爲銬著雙手反坐著，姿勢有些不自然。

那士兵趕緊又搬了兩張椅子過來，一張給李雷，一張給李爲。

李爲坐下後，眼神一掃大廳中的人，冷冷地道：

「哪個是所長？站出來！」

一個四十多歲的中年人疑惑地站了出來，詫道：

「首長，您……您是部隊的人，與我們地方不相干吧？您有什麼事？這……這樣做可是不合法……」

李雷哈哈一笑，說道：「好，好，說得好，我是部隊的人，與你們不相干，那我就找一個相干的人來，我倒想問問，你們做的事合不合法，有沒有違規！」

李雷說完手一招，身後一個士兵遞了一個手機上前，李雷拿了手機撥了一個號碼。

「喂，二弟啊，我李雷……你知道是我？那好，周宣老弟和我兒子李為被人撞了，卻被反打一耙，給抓到派出所來了，周宣老弟的妹妹也給人打了，為這事，我已親自到派出所了，但人家說我是部隊的，軍政不相干，這是你的地頭吧？你怎麼說？……好好好，我等著！」

那個站出來跟李雷說話的所長又驚又疑的，這個人究竟是什麼來頭？聽他說話的語氣，好像找的人是他們的上司，因為說這是他的地頭，但不知他說的這個地頭，指的是分局的局長還是市警局局長？

周宣一聽李雷說話，就知道他這電話是打給魏海洪的二哥魏海河的，說這是他的地頭確實不錯。

那所長料到他們是有來頭的，但遠沒有想到來頭超出他的想像。

也是，以魏家和李雷這些人的身分地位，根本就不可能隨便在這些地方出現吧？

而且，他還瞧見李雷身後的軍人中，有兩名是副團級的軍銜標誌，這讓他心裏更是吃驚，帶著的兵裏就有這樣級別的人，那這個人自己至少是師級以上的身分了！

這時，幾個將周宣和李爲抓來的民警中，有一個人湊上前，悄悄在那所長耳邊說了些話。

別人聽不到，但那所長可是聽得明白，手下跟他說的當然是這件事情的原委。那個撞車的年輕人叫吳志國，是他們東城分局何局長的妻侄，這事還剛得到何局長那邊來的電話，但出去辦這事的卻是副所長江德志，也就是被李雷的手下逮起來，跟吳志國扔在一塊兒的那個民警。

這傢伙腦子滑，轉得比較快，加上跟吳志國平時就走得近，吳志國一出事，最先就是給他打的電話。爲了拍馬屁，江德志沒有跟他說，而是私下裏帶人出去了，自己正在惱怒這傢伙不將他放在眼裏，有好處就一個人獨享，但現在卻是心裏有點喜意，眼看對方大有來頭，正好趁此機會把責任完全推到江德志頭上。

做得好呢，就讓他撿個功討何局長的歡心，如果出問題了，也由得他去頂。再說，如果真出大問題了，怕是連何局長都不得善了吧？他不搭這個邊不惹這個事是對的，最好是有出大問題，把這狗日的江德志弄下去！

於是，那所長不動聲色地對李雷說道：

「首長，這事情究竟是什麼原因、是什麼來龍去脈，我都不知道，是副所長江德志負責的，而且他也沒跟我彙報過，我看……還是由他本人請示上級吧！」

李雷瞄了瞄這個所長，心道：這人倒是有幾分手段。這話聽起來好像是為了江德志說話，給他機會，其實卻是把責任後果完全推到了他身上，就算塌了天，現在他也可以把自己撇清，最多只落個管理不力，真正清查起來他也不擔心，因為江德志是直接跟何局長搭線的，有事自然是他頂了，要說責任，不出事就好，出了事他最多是個警告處分，江德志的罪過就大了！

江德志一聽，當然不高興，給李雷的人逮到大廳裏，在全所裏的人面前都出了醜，心裏正不得勁，但又無計可施。此時的情景，不要說他，誰出頭誰遭殃，好漢都不吃眼前虧啊。江德志雖然不高興，但眼神還是瞄向了李雷，說好話歸說好話，要是這位不同意，那還是沒用。

李雷如何不明白他的念頭，以他的身分，自然是不想太多難為這所長，人家不想沾上這蹚混水，他也無意把事扯那麼大，俗話說，冤有頭債有主嘛，把江德志和吳志軍這幾個人好好治一治就夠了。

李雷故作無所謂地擺擺手，然後說道：

「打電話吧，你要找誰都可以，只要理說得通，家有家規，國有國法，任何事都離不開一個理字，今天的事，只要你的理由夠，理由正，理由站得住腳，我立馬就道歉走人！」

江德志連連點頭，應道：「是是是，要以理服人，依法辦事，這本就是我們的職責，

小……吳，你來打這個電話……」

江德志說完拿出手機，對吳志國暗暗遞了個眼色，吳志國當然明白，不動聲色地給他姑姑打了個電話，語氣裏也聽不出什麼來，只說是自己出了車禍，給抓到了派出所。

吳志國很聰明，沒有給姑丈何局長打電話，而是先打給他姑姑，吳家就他這根獨苗，姑姑和他父親就兩姐弟，打小就寵他，先讓他姑姑知道，再由姑姑向姑丈說，那效果就更特別了！

事情一搞定，吳志國和江德志都安心了，靜下來等待援兵，心裏想著，這些人就算是有些來頭，但公然卸下了他們的槍，撞入執法機構干涉執法，這個過難道會輕？等何局長過來再理論這些事。

不過，估計吳志國想要別人賠償他的車可能就難了，因爲這些人想必也有些後臺吧，從現場看，車禍的責任顯然是吳志國的全責，但他們這一邊是可以抓著周宣和李爲打人爲重點的。

吳志國打了那女孩子，江德志也瞧見了，可一記耳光算什麼？周宣和李爲可是把吳志國都打傷了！現在吳志國臉上是一臉血污，從外表來看，吳志國的傷是要重得多！

所長也在觀察事態。接著，他的手機響了，來電顯示是分局傅局長。

傅局長是局長，何局長是副局長，所以他們這些下屬稱呼傅局長只叫「局長」，而不叫

「傅局長」，免得別人聽起來好像是叫「副局長」一樣，犯忌！

傅局長在電話裏只說了一句話：「等我過來！」

放下手機後，所長心裏有些嘀咕。但表面上卻是沒有任何表情，他是個老狐狸，從傅局長的語氣中就能分辨得出來一些問題！

大廳中數十個人都是大眼瞪小眼的，場面極是詭異。

李雷當然知道，所裏面有些人早偷偷在廁所裏打過電話出去了，可是他要的就是這個結果，要的就是那些上級下來。

沒過多久，分局的幾位主管就趕到了，包括幾位副局長，何局長當然也在其中。來的車有四五輛，人也不少，但進大廳的就只有幾位主管。

吳志國一見到何局長，一骨碌爬起來就跑到他身邊，哭喪著臉道：

「姑丈，我被打了，被他們兩個……」說著，指了指還被銬著的周宣和李爲兩個人，「我被他們撞了車，車被撞壞了不說，一下車還追著打我，姑父，你可要給我出這口氣啊！」

何局長臉一沉，喝道：「嚷什麼嚷，安靜點，這是法治社會，冤枉不了你！」

說著，何局長瞧了瞧傅局長，傅局長一臉陰沉，沒說話。

何局長心裏有些沒底，他們幾個副局長是給傅局長叫過來的，說是市長直接電話過來的，也不知道是什麼事，到了才知道是妻侄吳志國出事了，雖然惱火，但心裏卻沒底。

吳志國平時裏是什麼貨色，他哪會不知道，但現在瞧著他一臉汙腫，滿身血跡，心裏反而放心了些，表面上看來是吃虧了，那就好說話些，他現在唯一擔心的是對方不知有什麼大來頭！

傅局長很是窩火，上頭的秘書打來的電話，事情也沒說清楚，只是要他處理一下，也不知道下面到底是惹了什麼事，竟然驚動了高層！到了才曉得，是何光偉的親戚出的事。

但對方的人全是軍人，這就先讓傅局長心裏一沉。部隊的人一般不會直接跟地方上產生糾葛，糾紛雖不少，但通常是地方上的偏讓著部隊上的。

不過，眼前的場景有些不簡單，面前這個坐在椅子的人雖然沒穿軍裝，但氣度不凡，坐著就有一股逼人的氣息。

傅局長又瞧了瞧他身後的那些軍人，其中有兩名是團級的服飾標誌，這個五十多歲的男子又有些面熟，只是他一下子又沒想起來是誰，一時沉吟不定。

副所長江德志這時見到來的都是他們的人，膽氣自然就壯了起來，雖然有些灰頭土臉，但還是趕緊站直了身，向幾位局長敬了一個禮，說道：

「各位長官，是這樣的，我們接到報案電話後就趕到現場。是出了車禍，當然，車禍那一部分歸交警管，我們只管傷人打人的報警處理，所以就把打人的兩個人帶回所裏來了！」

李爲當即罵道：「我打你媽個頭，車禍的原因我先不說，就說打人吧，那狗日的一下車就過來把我妹子扇了一耳光，老子當然要找他拼命了，你抓人，怎麼不把那狗日的抓回來？」

那個何局長一聽，面子上立刻掛不住了，李爲一口一個粗話罵著自己的妻侄，雖然對方有軍方的背景，但也不能太囂張了吧？當即說道：

「你嘴巴放乾淨些，這裏是辦公室，不是你放肆的地方！」

李爲破口便罵：「放屁，你要夠格，老子才能尊重你！瞧你這狗日的妻侄，就知道你也不是個好東西！」

何光偉氣得渾身發顫，叫道：「放……放肆！」

李雷也朝李爲喝道：「你給我閉嘴！」然後對傅局長淡淡道：「他叫李爲，是我兒子，我兒子話雖然說得粗魯，但也不是沒道理，你要別人尊重你，那你就得有被尊重的樣子，我到你們審訊室的時候，這個人……」

李雷說著，一指江德志，哼了哼說道：「我沒聽到問訊的話，只聽到他說『老子說你沒問題你就沒問題，老子說你有問題你就問題』，這就是你們手下的素質？這就是你們工作的態度？」

江德志臉一下脹紅了，惱道：「他們不配合，我口出粗話也是正常的！」

「正常？」李雷冷冷道，「那我請問你，他們兩個就算是車禍起了爭執，那不算違法吧？憑什麼你要把他們兩個銬起來？帶回所裏還依舊銬著，用刑具的規定是什麼，你懂不懂？而且，在沒有確切的證據前，你不能以單方的言詞做爲最終證據吧？對方明明是撞車打人的，你怎麼不把這位局長的妻侄帶回來一起審問呢？」

江德志頓時有些狼狽，雙方打架，吳志國臉上的傷十分明顯，這個倒是他們占優勢的地方，但銬人只銬了兩個回來，這樣的做法確實不合理。

到底是自己的妻侄，關鍵時候還得幫他一下，何光偉當即替吳志國圓場：

「他們沒帶吳志國回來，原因很明顯，吳志國臉上被打成這樣，得先到醫院治療一下吧？無論是嫌疑犯還是普通糾紛者，受了傷，我們就應該保證他們的身體安全，健康爲重，其次才是協助調查！」

說著，趕緊叫江德志給周宣和李爲把手銬打開。

江德志趕緊取了鑰匙來開鎖。

李爲當即給他一腳，嘴裏又罵道：「老子的手銬有這麼好拿的？你說拿就拿啊？你銬老子的時候我就跟你說了，這手銬你要上好上，拿可不那麼好拿了，你他媽的還不夠格！」

江德志又尷尬又惱火，但長官都在面前，又不敢發火。

何光偉伸手接過了鑰匙，上前沉道：「他不夠格，那我來給你們開這個鎖吧！」

李爲臉一昂，啐道：「你算老幾啊？你自以爲臉很大是不是？老子告訴你，你那臉給老子貼屁股，老子都嫌你髒！」

何光偉再也忍耐不住了，怒道：

「年輕人，你有沒有家教？學過修養沒有？」

「你……我告訴你！」李雷向何光偉招招手，冷冷道：「我是他老子，他的家教是我教的，我從小只教他，値得尊重的人一定要尊重，不値得尊重的人，那還尊重個鳥啊！」說完又補了句：「很遺憾，你就屬於不需要被尊重的那一類人！」

周宣瞧著這對父子一來一去地跟這些人鬥嘴，心裏舒服了些，這時倒是想起妹妹和傅盈來了，不知道妹妹現在好些了沒有？一想到妹妹被打的那一巴掌，周宣又心痛了起來。這個恥辱無論如何他都不能忍受，要不是在國內，周宣甚至想直接就把吳志國化爲空氣，讓他在這個世界上永遠消失掉！

李雷說的話，讓何光偉氣得直哆嗦，但又無可奈何，瞧了瞧傅局長，但傅局長像沒看見一樣，對方那些士兵們，個個荷槍實彈的，講硬的，肯定是幹不過人家，以前可還真沒碰到過這樣的尷尬事，有什麼糾紛，都是別人給他十足的面子，有什麼事，只要一個小眼神，或者一個暗示，便自會有人把事情給辦得好好的！

就比如妻侄吳志國吧，這小子惹的事不少，但以前他都不曾出過面，下面的人自然就會把事情辦好了！

李雷可不管他氣不氣，又向傅局長說道：「交通局也是你們的下屬單位，你再問問，看看今天他們這場車禍案子是怎麼處理的？」

何光偉氣呼呼地道：「就算你們是軍方的人，也不能插手我們的事，這事該怎麼處理就怎麼處理，要按法規來辦事！」

李雷冷笑了聲，嘿嘿道：「你官架子還擺得挺有譜的，可以想像，要是普通人，那會是怎麼一種結果了。你這就叫按法規辦事嗎？」

傅局長一直在沉思，並沒有被他們說話所干擾，腦子裏盤旋了一陣，忽然間一清晰，恍然大悟道：

「你……原來你是李……李……」

驀然發覺到廳裏人太多，趕緊閉了嘴，指著幾個副局長道：

「除了你們三個，其他人都出去在停車場集合，沒我的命令，誰也不許過來！」

然後又指著江德志和吳志國道：「你們兩個在大門口等著，我叫你們進來再進來！」

傅局長一發話，他手底下那些人哪敢多待，趕緊急急地走出大廳，到外面的停車場裏待著。

吳志國和江德志也不敢多問，依言到大廳大門口處等著，吳志國再囂張，他也明白說話的是比他姑父官還大一級的局長，哪裡敢像開始的那般態度！

李雷知道，傅局長認出他來了，因爲他不是地方官員，作爲一個大軍區的副司令員，身分權力比一般的地方首長還高，只是軍區領導不像地方首長那般天天上媒體，很多人都認識。

軍區領導的地位雖高，但出鏡率很低，所以一般人不認識並不奇怪，但到了他這樣的級別，報章雜誌多少還是會有登載，是以傅局長從見到李雷後，一直就覺得眼熟，這會兒終於是想起來了！

第一二九章

惹不起的人

動手打人，無論如何都是有錯，不過像現在這種情況，
又有哪個瞎眼的會去揪住周宣和李為打人的事不放？
如果放在普通人身上，吳志國今天就由得他發威了，
但不幸的是，他今天遇到了他惹不起的人！

傅局長把其他人都趕出辦公大廳後，這才對李雷說道：

「您放心，今天這件事我一定秉公處理，好的地方繼續發揚，錯的地方一定要糾正！」

何光偉聽起來可就不是個滋味了，傅局長這話分明是向李雷表態，聽他的語氣分明是靠邊站了，秉公，秉個什麼公！

李雷沉吟了一下，沒說話，對方認出他來了，這事就由他們自己來處理吧，更何況，自己還給魏海河打了電話，想必他在上面的壓力下來，這事的結果其實已經不用說了，他想的只是如何讓周宣滿意。

因爲李雷看得出來，周宣是個很看重親情的人，妹妹被打的事才是他最關心的問題！

傅局長這麼一說，李雷沉吟，何光偉氣憤，另外兩名副局長旁觀，李爲滿不在乎，周宣面無表情，都是各自思量起來。

這時候，那個所長從外面急急跑進來，擦了擦汗，向傅局彙報道：

「局長，市裡陳廳長和魏書記的秘書肖揚現在過來了……」

說話的聲音不大，廳裏的人卻都聽得一清二楚，李雷早有預料，李爲和周宣自不奇怪，傅局長就是接到肖揚的電話才趕過來的，但沒想到肖揚又親自趕過來了，還有陳廳長，是他們的頂頭上司，能勞動他親自出馬的，不是特大案件又怎麼可能？

今天這件事情，說小了就是交通糾紛，但驚動了如此高層，而對方又是讓他無法想像的李雷，就算是一件小事，現在也變成了一件大事！

剛剛他聽說了，那個被銬著的說話很衝的人，叫李爲，是李雷的兒子，這事情一下子就清楚了！雖然傅局長還沒弄清事情到底是誰對誰錯，但可以弄明白的是，何副局長的妻侄吳志國與李爲撞車了，責任在哪一方還不知道，但很明顯的是，小太子爺碰到大太子爺了。

何光偉還沒弄清楚，以目前的情勢看來，李雷要整治他是很輕鬆的，只要他一句話，何光偉的前途就此斷了！

肖揚和陳廳長一進廳裏來，肖揚就趕緊向李雷問候道：

「李副司令，魏書記實在脫不開身，專門讓我過來代他處理這件事，您就放心吧！」

陳廳長也趕緊對李雷道：「首長，這件事我們一定會認真處理……」

李雷打斷了他的話，淡淡道：「不要顧及我的感受，也不要受我的影響，應該怎麼辦就怎麼辦吧，我只是作爲一個旁觀人而已。這樣吧，你……」

說著，他指著傅局長道：「你先問一下交警方面，對這件交通事故的處理意見是什麼，我想聽一聽！」

傅局長點點頭，趕緊拿出手機撥了交通處的電話。電話通了後，傅局長還按下了免持聽筒鍵，在這些長官面前，他可不敢弄什麼玄虛。

電話一通，接電話的是一個年輕的女子清脆聲音：「你好，交通事故處理記錄中心，請問你有什麼事？」

「你替我查一下今天在東城林園路汽車城發生的一起交通事故處理意見，交通事故中的車輛，一輛是賓士S600，一輛是奧迪A6！」

傅局長沒有多餘的廢話，直接進入主題。

「對不起，這個處理結果我不能告訴你，你如果要知道的話，就到交警大隊東城中心去查詢……」

面對中心女值班員的推託，傅局長一下子火了，叫道：

「把賀明輝給我叫過來！」

賀明輝是東城交管處的處長，交通和交警的負責人，那女值班員怔了一下，隨即道：

「無聊！」接著就掛斷了電話。

這一下把傅局長搞得面色十分難堪，他的直接下屬單位是這樣的工作態度，讓他在長官面前如何說得過去？

傅局長陰沉著臉，又撥了一個電話，這個電話不是值班中心的，而是賀明輝的手機。

電話一通，賀明輝的聲音就傳出來了，當然，傅局長照樣按了擴音鍵。

「老大，什麼喜事啊，今天竟然給我來了個電話，呵呵，難得難得……」

傅局長哼了哼，道：「少廢話，趕緊把今天在東城林園路汽車城發生的一起交通事故處理意見給我報告一下，事故車輛，一輛是賓士S600，一輛是奧迪A6，你們交警方面的現場調查結果是什麼？」

賀明輝感覺到傅局長語氣不大對勁，趕緊收起了玩笑的語氣，馬上撥電話查詢。

從傅局長手機裏隱隱聽到賀明輝的說話聲，不到一分鐘，就聽到賀明輝又對傅局長說道：

「老大，那個……調查結果是奧迪A6負主要責任，奧迪車主的賠償具體數目要等賓士車檢驗完後才能確定，老大，這事我也聽說了，何副局的妻子打過電話過來囑咐過……」

傅局長臉色越來越陰沉，何光偉也不得勁，臉上訕訕然的，不過心想：交警那邊還好，只要是奧迪車要負主要責任，那話就好說。就算老婆打電話說一聲，也不算行賄受賄，弄虛作假！

不過，何光偉心裏也惶恐起來，聽陳廳長和肖秘書稱呼對方這個半老頭爲「李副司令」，這個來頭似乎是超乎他的想像了，但事到如今也無他法可想，只能本著自己這一方占著理，有理也不怕他把自己怎麼樣吧？只是仕途受到影響那是肯定的了，吳志國這狗東西，除了囂張狂妄，就沒幹過一件好事，今天算是給他惹了個大麻煩！

李雷從身後那個士兵手中拿過一個小小的DV攝影機，然後遞給傅局長，淡淡道：

「你再瞧瞧這個攝影機裏面的內容，是我在現場拍下來的，我就奇怪了，你們交警部門的人是業餘的還是走後門塞進去的？好像專門把錯的搞成對的，對的搞成錯的，白的說成黑的，黑的又說成白的！」

傅局長接過攝影機，把錄影內容調出來一看，他雖然不是天天在外面值勤，但現場車輛的位置，兩輛車各自被撞爛的部位，一眼便瞧出了問題！

傅局長臉色鐵青起來，剛剛賀明輝的回答，再加上交通處理中心女值班員的態度，還有明顯的車禍問題處理，都讓他無比的難堪！

車禍是一件小事，但從這件小事上卻暴露出這麼多問題，偏偏這些問題又都在上級面前一一顯露出來，這就是他治理下的隊伍！

傅局長惱怒地把攝影機遞給何光偉，說道：

「你自己看看，作爲你的上級，我有必要提醒你，値得好好反思了！」

何光偉接過DV機一看，額頭上的汗水一下子冒了出來，而且是冷汗！

吳志國這混賬還真是給他惹了大麻煩，脫不了身了！

傅局長惱怒著，然後衝大門口的兩個人叫道：「你們兩個都給我進來！」

江德志跑進來膽怯地瞧著傅局長，一臉都是虛汗。

「把鑰匙給我！」傅局長從江德志手中拿過鑰匙，走到李爲和周宣面前，臉上終於堆起了一絲笑容，說道：「小李，小周，我先向你們道個歉，這個鎖，由我來開可以嗎？」

李爲頭一擰，還要耍橫，但李雷站起身，從傅局長手中拿過鑰匙，然後說道：

「這個鎖，還是我來開吧！」

李雷來開鎖，李爲當然不敢囉嗦了。

李雷先把周宣的手銬開了，然後拍了拍他的肩膀，接下來才打開李爲的。

打開了手銬後，見兒子一雙手腕給勒得破了皮，一圈的血跡，表面上沒說什麼，心裏卻著實惱怒，平時裏他自己打兒子下手重得很，但兒子給別人整成這樣，心裏卻難以接受。況且今天的事，兒子還真的沒有錯，唯一錯的是看到周瑩被打後，他跳出來也把對方打了！

但這在李雷看來卻是應該的，他們一家都是軍人，平時給兒子們的教育就是，沒理不可打，有理就要打，而且還要打贏，頭可斷血可流，打架一定要打贏！

吳志國可不知道這一幫來的，都是他想像不到的大人物，在他想來，傅局長肯定是姑父一邊的，在門外還一直對江德志嘀嘀咕咕訴說著，江德志哪有心情聽他的，耳朵都是側向聽裏，不知道裏面是什麼情況，這一進來，瞧著各自的表情，心裏就知道不好了！

吳志國摸著疼痛的鼻子，說道：「姑父，我那車可是新的，花了兩百六十多萬，他們賠多少錢？打我還得賠我醫療費、誤工費、精神損失費……」

何光偉氣不打一處來，把攝影機塞回給傅局長，然後將吳志國當胸一把抓住，狠狠地扇了他好幾個耳光，邊打邊罵：

「混賬東西，不幹好事不說，還淨打著我的旗號，我叫你混賬，我叫你混賬！」

吳志國一下子給打蒙了，呆呆地任由他打，一時沒反應過來。

何光偉又對李爲說道：「小李，他是不是打了你妹妹？這耳光怎麼來的就怎麼去，我打完了再交給局裏處理！」

說著，又是狠狠的幾耳光，後面一個耳光尤其重，吳志國「啊喲」一聲，吐了一口血出來，血裏還有兩顆牙齒！

吳志國給何光偉幾巴掌打傻了！以前這個姑父就算不怎麼喜歡他。但也不至於動粗打他吧？

何光偉這時候已經知道事情的嚴重性了，他必須要把自己跟吳志國撇清楚。

狠狠的幾巴掌把吳志國的話打回肚子裏去後，趕緊向李雷、肖揚和陳廳長三個人說道：

「我向幾位長官請罪認錯，因爲工作忙，對家人缺少管教……」

李雷打斷了他的話，淡淡道：

「你的家務事就不必擺到這兒來講了，我只問一下陳廳長，肖秘書，這打人的事該怎麼處理？何局長長可不能濫用暴力啊，你妻侄暴力打人，是不是跟你學的？」

何光偉頓時尷尬起來，心裏將李雷罵了個遍，但嘴上卻是不敢說出來，甚至臉上都不敢露出一絲半分的表情！

剛剛他把吳志國痛打了一頓，本是想在上級面前表露一下自己的公私分明，但李雷卻是一句話就將他抹殺了。李雷的意思是說，你要打是你自己的事，可不關公事，你再怎麼打，那也與吳志國打人無關，那件事仍然得追究！

在場的人中，雖然說軍政互不干涉，但以李雷的身分，就算管不到地方上，但如果他要為難這些地方上的官員，那也不是什麼難事。

別人不知道，魏海河的秘書肖揚卻是明白李雷跟魏書記一家人的關係，魏海河交代了，叫他一定要慎重處理這件事，這個意思他自然明白，這是要他視情況說話。如果李為跟周宣兩人理虧，那就往輕裏去，但現在事實很明顯，責任和理屈的一方都是吳志國，那這事就好辦了！

把攝影機裏的錄影都看了一遍，然後又把李為、周宣兩個人和吳志國打架的事弄清楚了，車禍的責任吳志國是全責，打架的事，首先吳志國出手打周瑩，這個責任一樣能追究他，然後周宣和李為追上去打他，這兩個人也有一部分責任，動手打人，無論如何都是有錯，不過像現在這種情況，又有哪個瞎眼的會去揪住周宣和李為打人的事不放？

如果放在普通人身上，吳志國今天就由得他發威了，但不幸的是，他今天遇到了他惹不起的人！

陳廳長算是他們這裡的最高的直接長官了，沉著臉哼了哼，說道：

「車禍的處理問題，傅局長，你有什麼看法？」

傅局長也很尷尬，這件事可以說是扯出了許多問題，小事也變成了大事，這些事看似小事，但落在長官眼裏，就是很嚴重的問題了！

「交警處理的責任問題，何副局長，這是你的責任範圍，你回去處理一下，要儘快，今天晚上就給我處理結果，我再把結果和整件事彙報上級！」

傅局長把難堪的事情扔回給了何光偉，今天這件事過後，估計他以後的日子也難過了。先讓他自己處理吳志國的事吧，他讓自己難過，自己就讓他更難過，讓他難過了，還要誠惶誠恐等待上級的處理。

傅局長又把所長叫進來，狠狠地說道：

「你們這種工作態度怎麼爲人民服務？怎麼叫老百姓信任？把江德志和那幾個一起去抓人的民警都停職審查處理，你把今天所有資料準備好送到局裏來！」

那所長唯唯喏喏應了聲，站在一邊不敢說話。

瞧著這個場面，陳廳長黑著臉道：「今天這件事情其實是一件小事，但這件小事情說明了什麼？我假設一下，如果今天吳志國撞的人和打的人不是小李和小周，如果是個普通人，那又會是什麼結果？」

陳廳長說到這兒，越說越氣，越說越火大，恨不得要砸東西了：「就憑你們這種辦案子的態度，白的能變成黑，錯的變成對，一個小小的分局副局長的妻侄就可以胡作非為，撞了人不僅不認錯，還囂張地打人，還要別人賠車錢，簡直無法無天了！」

傅局長和何光偉以及另外兩個副局長都不敢作聲，尤其是何光偉，臉色慘白！

陳廳長虎著臉，喘了幾口氣又喝道：

「我相信今天這事只是冰山一角，別以為其他人沒沾到這件事就可以鬆一口氣，能脫了干係，我能想像到，這只是他們沒出事而已，我會以這件事為由，給你們敲響警鐘，在全市展開一次反腐嚴紀的檢查，有問題堅決查到底，決不寬容！」

陳廳長說了這麼多，臉都脹紅了，胸口直起伏，緩了兩口氣後，才轉身對李雷道：

「李副司令長，我們還得謝謝您提醒了我們，這樣的問題雖然看起來小，但就像是隱藏的炸彈，積聚多了就是一顆核彈！」

「好，我也沒有別的話說了。我們先走了，你們把事情處理好了，再把結果通知我們吧！」李雷不想在這件事情上做過多的糾纏，目的達到就行了，再說，這是魏老二的轄下，也不能把他的面子弄得太難看。

「小周，你還有什麼意見沒有？」李雷又特別問了一下周宣，畢竟，他來的目的主要就是為周宣的。這件事都是他在主導，並沒有問一問周宣的意見。

「要我說意見，那我就說兩點！」周宣毫不客氣，對吳志國和江德志這些人也用不著客氣，如果換了別人，今天還不是被他們整治了！

「第一，要賠償車輛的所有損失，第二，要向我妹妹道歉，至於我跟李為就好說了，俗話說，殺人償命，欠債還錢！」周宣盯著吳志國，嘴裏沉沉地說著：「這只是我的意見，其實要怎麼處理，那還是他們自己的事！」

周宣的話說完，肖揚也說話了：

「我看這樣吧，小周和小李就回去等候，這邊一處理好馬上通知你們，不過我相信，你們一定會公正處理好所有事！」

肖揚算起來跟李雷應該是一條戰線的，因為他代表的就是魏海洪的二哥。

事情差不多是點到為止，周宣也明白沒必要再待下去，現在是留空間讓他們自己處理善後了，瞧那情形，陳廳長和傅局長都是眼冒火光，就等李雷周宣走了，他們就要吃人了！

李為這時候也不說什麼，有他老子在場，輪不到他發言。不過，今天他算是吐了一口氣了，有史以來，第一次他老子親自出面救他！

出了派出所後，周宣回頭瞄了一下，大廳裏，陳廳長似乎開始暴跳如雷了。

李雷讓手下那些軍人空了一輛車出來，對周宣和李爲說道：「小周老弟，我讓李爲陪著你，我就不送你了，我回去還有一些事要辦！」

說完，又囑咐李爲道：「李爲，好好跟著小周，有什麼情況就趕緊給我打電話，別惹事！」

李爲一攤手道：「爸，你也看到了，我哪有惹事，完全是那個吳志國鬧的，本來撞車的事，不管責任是他還是我們，都情有可原，只要他修好我的車，我不會找他麻煩的，但他卻動手打周瑩，我就忍不了了，那時候我們都在車上困住了，否則一家打得他動不了！」

李雷難得地笑了笑，拍了拍兒子的頭，說道：「你這次做得不錯！」

李爲可從來沒見過老子對他這般和顏悅色的，呆愣了起來，直到李雷上了車，幾輛車都開走後才回神過來。

李雷留給他們的是一輛吉普車，李爲開了車，周宣坐在他旁邊一直沉思著，今天的事讓他特別難受，雖然現在事情已經傾向他們這一邊，但想起妹妹挨的一巴掌，還是沒來由的心疼！

這時候想起妹妹那害怕的眼神，周宣心裏就十分自責，當時爲什麼自己會沒有注意到外面的情況！

李爲一邊開車，一邊狠狠地說道：「宣哥，這事還沒完，先等他們處理完後，我再找機會收拾他！」

要說別的事，周宣也許會勸李爲不要衝動，但這件事他就是難以放下。李爲這樣說，他沒有一點反對的意思，甚至還想著跟李爲一起來籌劃。

吳志國，這個仇咱們是結定了！

「宣哥，現在我們上哪兒？」李爲把車開上了公路，然後又問著周宣。

周宣想了想，說道：「我先打個電話問一下！」

周宣是想打電話問一下傅盈，看看她跟妹妹是不是回家了，要是回家了，自己就暫時不回去，因爲看到妹妹會難受，讓傅盈陪著她平靜一下更好一些，自己先到店裏去待一陣子。

傅盈和周瑩的確回家了，周宣打過電話後，沉吟了一下才對李爲道：「李爲，我們到店裏去。」

李爲點點頭道：「那好，我先送你過去，再回去看看嫂子她們！」

周宣有點奇怪李爲的話，只是還沒細想的時候，電話又響了，瞧了瞧來電顯示，號碼很陌生，當即接通了問道：

「你好，我是周宣，請問你是哪位？」

「是我，上官明月！」手機裏傳來清脆動聽的女子聲音。

「上官明月？」周宣有些詫異。問道，「小官小姐有什麼事？」

上官明月回答道：「有一點小事，想請你幫個忙，小事一樁，所以我才找你！」

上官明月說得很平淡，周宣也搞不清楚她是什麼事，心裏頭正悶著，要在平時也不想多搭理她，但現在正想找個地方散散心，順口就答應了。上官明月說了一個地址。

李爲笑笑道：「宣哥，我瞧這個上官明月是不是看上你了？老是跟得你緊緊的！」

周宣哼哼道：「別瞎說，要看上我還老是跟我作對？再說，就算她看上我，那也不關我的事，還有，你以後可別在盈盈面前瞎說八道的，這個上官明月，不是你死纏爛打追著的嗎？」

李爲臉一紅，遮掩著道：「那是以前，人是會變的嘛。我喜歡別人了，沒她什麼事了！」

「喜歡別人了？」周宣怔了怔，最近這傢伙一直跟著自己，也沒接觸別人啊，又喜歡誰了？怔了怔又笑問道：「喜歡誰了？」

李爲神色尷尬，訕訕地笑了笑，說道：「以後再跟你說，現在我送你過去，你跟上官明月折騰去吧，放心，我回去不會跟漂亮嫂子打小報告的！」

周宣哼了哼，說道：「就你鬼點子多，本來沒事也能給你弄出事情來，我跟上官明月是什麼關係，你不是瞧得清清楚楚的？有什麼關係你比我都還明白！」

李爲哈哈一笑，加快了些車速，把車開到了上官明月指定的地方，遠遠地就看到路前邊停著一輛紅色的保時捷跑車，上官明月穿著一套淡綠色的套裝，身上背了個米白色的包包。

李爲把車開到了近前，一停下，從車窗裏探出頭來笑道：

「上官小姐，你今天打扮得太漂亮了，好像約會一樣，宣哥，你的形象就差了些！」

「趕緊走吧你！」周宣下了車就把車門關上，直是催著他走，免得他再胡說八道。

李爲笑呵呵地開著車倒回去，等他的車消失在路上後，周宣才淡淡地問上官明月：

「上官小姐，你到底有什麼事？」

上官明月人本來就極漂亮，今天又穿得很講究，亭亭玉立地站在路邊，車也同樣很吸人眼球，過路的車很多都放慢了速度，有的車裏人還吹著口哨。

上官明月皺了皺眉，對周宣道：「先上車吧，上車再說！」

這車只有兩個座位，上了車，周宣只得坐在了上官明月的身邊。

等上官明月開了車，周宣才又問道：「上官小姐，現在可以說是什麼事了吧？」周宣心想，要是上官明月讓他做些無聊的事，他就趕緊找個藉口走人，自己可不想跟她有太多瓜葛，要是給盈盈知道了，又會生氣。

上官明月微微笑道：「周先生，我保證不會讓你爲難，對你也不會有任何損失，不過，現在我先保密一下可以吧？一會兒到了就告訴你！」

周宣有些不解，但上官明月卻硬是不告訴他，也無可奈何，只得忍住。

上官明月開著車，側頭瞄了瞄周宣，見周宣正瞧著她，禁不住臉一紅，手也顫了一下，頓時車也晃了一下，差點撞上路邊的護欄。

周宣嚇了一跳，叫道：「上官小姐，你能不能專心開車啊？」

上官明月咬著唇，努力平息了一下呼吸，然後才道：「我有點小事想你幫一下忙，為了謝謝你，就送你一套衣服吧，我們先去服裝店一趟，買一套衣服再去！」

「那就不用了！」周宣擺擺手拒絕了，「幫你的忙可以，前提是我要能辦得到，而且不會為難。衣服就不必送了，如果你一定要送衣服，那我就不去了！」

上官明月很無奈，張口想說什麼，但最終卻又忍了下來，搖搖頭道：「好吧，那我們就直接去了！」

到這時，她依然沒有說出要去哪兒，要辦什麼事！

周宣索性不問了，由得她吧，到時候要是自己不願意的事情，直接走人就是，反正自己也不欠她什麼，說實際一點，應該是她欠自己的情！

第一三〇章

冒牌男友

上官明月忽然伸手摟住周宣的手臂，身子緊緊的偎著他。

周宣嚇了一跳，抽了抽手，問道：「你幹什麼？」

但上官明月摟得很緊，嘴裏低低求著他：

「周宣，求你幫幫我，就兩個小時，你冒充一下我男朋友就行！」

上官明月開著車出了環市路，進入東城區，在國際大酒店前停了車。酒店裏的侍者趕緊上前指引。

上官明月下了車說道：「泊好車！」周宣不知道她到底要幹什麼，只得一言不發地站在她身邊，那侍者泊好車後，過來把車鑰匙遞給上官明月。

上官明月隨手從包包裏拿出皮夾，抽了一張百元的鈔票給那侍者，侍者滿臉笑容地接過去，直是道謝。

跟著，上官明月從酒店大廳進入電梯，然後上到三樓。

出電梯後，周宣就見到三樓是一整間大廳，紅男綠女，好不熱鬧。上官明月卻在這個時候忽然伸手摟住周宣的手臂，身子也緊緊的偎著他。

周宣嚇了一跳，抽了抽手，問道：「你幹什麼？」

但上官明月摟得很緊，嘴裏又低低求著他：「周宣，求你幫幫我，就兩個小時，你冒充一下我男朋友就行！」

「冒充你男朋友？」周宣不禁有些好笑，但見有很多人已經瞧向他們兩個，當即低了頭悄悄問道，「你搞什麼鬼？你要找男朋友，那還不得從東城排到西城去了，幹嘛找我？再說，我又土又不帥，找我反而會給你丟面子！」

上官明月哼了哼，道：「排得再多又怎麼了？我不喜歡，我就只想找你，你……」說著，她盯著周宣，咬了咬唇又道：「你願不願意幫我？」

周宣瞧著上官明月嬌嗔的樣子，美確實是美到了極點，這個時候也猶豫著。

上官明月又觸著他耳朵輕輕道：「本來人家就想取笑我，你現在要是不幫我，在這兒走掉的話，那就是把我的面子丟光了，再怎樣你也不要在這個時候走啊。」

周宣確實爲難，要是在外面，上官明月先說是這件事，他一定不會答應，但在這兒，這麼多人瞧著，還真是有些爲難，就這樣走的話，可真把上官明月的面子丟盡了。

皺了皺眉，心想：算了吧，反正盈盈也回到家裏了，這兒的人肯定都不認識他，就算待兩個小時幫上官明月冒充一下，散場就趕緊走人！

「喲，明月，這位就是你說的男朋友啊？」就在周宣還在猶豫著的時候，幾個穿著靚麗化著濃妝的女孩子走了過來，一邊打量著周宣，一邊問著話。

上官明月裝得無事一般，對周宣柔聲道：「周周，這幾位是我的同學！」然後又指著中間那一個道：「今天是我這位同學王妮娜的訂婚禮，妮娜，他是我的男朋友周宣！」

一聲甜得膩人的「周周」讓周宣雞皮疙瘩都出來了，渾身不自在。

那個王妮娜和另外兩個女孩子都瞧著周宣，眼光犀利地上下一打量，心裏就有了個譜。說實在的，今天周宣穿得極普通，加上又跟吳志國打了一架，還跟那些民警推推搡搡的，衣服搞得皺巴巴的，瞧起來，就像個在雜貨店打雜的夥計一般。

那王妮娜瞧著周宣，臉上自然就浮起了一絲輕視，笑著道：

「明月，喲，我們最漂亮的校花，成功的商人，從來瞧不起男人的你，居然也有男朋友了，周先生，你真的好幸運啊！」

這些話自然是又嘲又諷的，然後又道：「不知道周先生在哪裡高就啊……」說著，王妮娜又轉頭往裏面一招手道：「安臣，過來，給你介紹一下！」

周宣瞧著王妮娜招手的是一個二十七八的男子，相貌頗爲英俊，一身筆挺的西服，油光發亮的髮型，跟他比起來，他的形象就差遠了！

周宣心裏暗暗好笑，斜斜瞄了瞄上官明月，上官明月也在瞧著他。周宣的眼神極是嘲弄，上官明月瞧得出來，周宣這是故意讓她丟醜，就他這形象，自然是不能跟人家相比的。

那個叫安臣的男子走過來，很禮貌地向周宣和上官明月一躬身，微笑著道：

「上官小姐，這位是……」

其實不用問就知道，上官明月正緊緊挽著周宣的胳膊呢，如果不是親密的關係，能有這個動作嗎？

上官明月挽著周宣胳膊的手，偷偷掐了一把周宣，然後笑吟吟地道：

「他是我男朋友，名叫周宣。」

王妮娜也笑笑著介紹道：「周先生，這位是我未婚夫，安臣，在京城外貿進出口管理中心做副主任！」

王妮娜說這話時很得意，的確是，外貿進出口管理中心可是個肥缺，重點部門，更別說還是一個副主任的高管了。

安臣瞧著周宣時，眼裏也不經意的閃出一絲妒忌，因為他以前可是追過上官明月的，但上官明月根本不理會他，所以就退而求其次跟王妮娜搭上了。

王妮娜的家族生意與上官明月家族相比並不遜色，只是不如上官明月長得漂亮而已，不過他所想的是，他安臣與王家雙強聯手後，只要賺得夠多的錢，美女那還不是要多少有多少！

王妮娜伸手親密地挽著安臣，但暗中卻也是狠狠掐了他一把。

女人都有些相同的本性，王妮娜和上官明月互相說著話，表面親熱，內心卻相反，將表裏不一演繹到了極致。

王妮娜從小就被上官明月壓制得抬不起頭來，長相沒上官明月漂亮，讀書成績沒有她好，總之是什麼都不如她，但現在，她終於能抬起頭來了，因為她的男朋友要強過上官明月的男朋友！

安臣外形是要比周宣帥氣得多，而且年紀輕輕就身居要職，雖然這職位的得來源自父親的助力，但總是面子上有光的事。

轉而再瞧上官明月的所謂男朋友，這個男人相貌普通不說，一身上上下下的服裝也極其普通，瞧樣子就像是地攤上的便宜貨，估計全身不會超過五百塊錢！

周宣瞧著王妮娜的炫耀表情，心裏就只是好笑，這個上官明月對他強行拉壯丁，反而是出了糗。不過這可怪不得他，反正自己也只打算頂這兩個小時，管她有沒有顏面。

王妮娜漫不經心地又說道：「周先生，還不知道你在哪裡高就啊？能得到我們最驕傲的大美人上官明月的青睞，我想周先生不是個簡單人！」

周宣笑笑道：「高就可就沒有，只是做點玉石生意而已，小生意，賺點生活費過日子，沒辦法，說到我這個人呢，簡單還真是不簡單，都說人是最複雜的動物嘛！」

周宣的話讓在場幾個人都笑了起來，當然，安臣和王妮娜以及她的幾個女伴都是在嘲諷上官明月。

上官明月有些惱怒，周宣雖然給她帶了來，但卻是給她丟面子的，不過，瞧著周宣無所謂的淡然樣子，上官明月忽然又露出了笑容。

這不就是周宣的特別之處嗎？縱然跟身分再高再特殊的人在一起，他也是不卑不亢，絕不落於下風，在他身上，就是有那麼一種異於常人的氣質。就說安臣吧，雖然看起來英俊瀟灑，但上官明月卻是知透了這個人的底子，虛偽虛榮又虛假，表面再風光，也引不起她的興趣！

安臣聽了周宣的話，笑呵呵地向後面招了招手，一個服務員端來了酒盤。

安臣端了酒道：「今天是我跟妮娜的訂婚宴會，為今天與周先生的認識，碰個杯！」

周宣笑笑，也端起了一杯，搖了搖杯子，把這杯紅酒倒進了嘴裏。

安臣瞄了瞄周宣並不熟練的飲酒動作，笑笑道：「周先生，這十一年的義大利紅酒味道如何？」

「味道？」周宣笑了笑，回答道，「沒嘗出什麼味道，有點甜有點淡，還不如我們鄉下的包穀酒夠勁！」

「包穀酒？」安臣一愣，隨即呵呵笑了起來，王妮娜和幾個女伴都笑了起來！

上官明月狠狠瞪了一眼周宣，這傢伙分明就是故意掉她的面子，丟她的臉面！

但周宣滿不在乎，自顧自地又說道：「這紅酒多少錢一瓶？我們鄉下的包穀酒只有三塊錢一斤，味道是差一點，但夠勁，最主要的是便宜！」

安臣和王妮娜幾個人頓時哈哈大笑起來，幾個女子都有些不顧形象了。

上官明月聽得臉都紅了，拖起周宣往廳裏就走，邊走邊道：

「過來一下，我有話跟你說！」

周宣笑嘻嘻地跟著她走到廳的另一邊，身後王妮娜幾個人的聲音猶自傳到了耳裏：

「這人……真搞笑……真土……這一支紅酒應該可以換一百斤他們鄉下的包穀酒

吧？……上官明月怎麼會是這種眼光？」

「心比天高，命比紙薄唄！」

上官明月滿臉通紅地把周宣拉到角落邊，在邊上的桌子邊坐下來，然後沉著臉低聲道：

「你是什麼意思？你是故意的是不是？」

「什麼故意不故意？」周宣淡淡道：「我說的是實話，十一年的義大利至少也得幾百上千，甚至更多吧，我們鄉下人喝不起，也不喜歡喝，蘿蔔白菜，各有所愛吧！」

「你……你……」上官明月氣得說出不話來，好半晌才跺著腳道：「算你狠！」

王妮娜和幾個女伴這時心裏就暢快了許多，一邊說笑著，一邊朝著周宣和上官明月那邊瞄著，心裏想著：等一下還得再想些法子羞辱一下上官明月，積了多年的怨恨，今天終於能舒暢的發洩出來了，這份喜悅，還真得當著更多的好友分享一下才夠意思！

王妮娜想著以上官明月的驕傲，以她的聰明，以她的美貌，今天怎麼會找這麼一個土包子出來？上官明月向來最注重面子，在男朋友的事情上從不假以辭色。在她們的圈子中，誰都知道上官明月瞧不起任何男人，不說絕對，至少到目前還沒有出現一個讓她自稱是男朋友的！

不過今天終於是破例冒出來一個了，而且是上官明月親口介紹，親口承認的男朋友，但她的這個所謂的男朋友，卻又是這麼一個土包子！

一開始，安臣確實是希望上官明月的男朋友不如他，確實也如他所想，上官明月的男朋友在各方面都比不上他，又土又普通，但過了一陣子，安臣又忌妒起來，又恨又怒，以上官明月天姿國色的容貌，找的男友卻是這麼個不堪入眼的傢伙，讓他情何以堪？

瞧著廳裏上官明月跟周宣發嗔的嬌柔俏模樣，安臣心裏越發的妒火中燒，心裏恨不得把周宣斬成肉泥再扔到大海裏餵魚，讓他徹徹底底從這個世界上消失掉！

訂婚禮開始了！

來現場主持的是京城一個挺有名氣的諧星，曾在電視上露過臉，價碼不低。普通家庭辦這樣的喜事，一般也就請個三四流的民間主持人，一天的價錢，包括道具的開支，不會超過三千，但像現在這個諧星，來一天可就要上萬，甚至是幾萬，如果請的都是一流的影視歌星，那價碼更高了。

上官明月氣呼呼地端起酒喝了一半杯，又重重放在桌子上。

今天，周宣真把她氣壞了，但她也無可奈何，因為周宣是被她莫明其妙拉來了的。其實在王妮娜打電話問她到不到的時候，上官明月就沒來由地就想到了周宣，頭腦一發熱，就說要帶男朋友過來。

她的話讓王妮娜很驚訝，還以為她在說笑，就說一定要看看她男朋友是什麼樣子。到這

時候，上官明月才醒悟過來，但話已經出口，收不回來了，想了半天又猶豫了半天，終於鼓起勇氣給周宣打了電話！

其實打電話過後，上官明月就惱怒地罵起自己來，自己這是怎麼啦？發了什麼神經了？明明知道周宣對她沒有半分這種意思，而且周宣已經有女朋友了，又快要結婚了，她上官明月竟然就莫明其妙地丟下了她的身分面子，與這個快結婚的男人做起戲來，難道真的只是為了做戲嗎？

這個答案連上官明月自己也不知道！

一開始，她倒是很清楚地知道這事沒有可能，她不可能愛上這個男人，但幾次陰差陽錯，幾次周宣救她脫險，最終讓她愛上了他。但事實卻是殘酷的，周宣卻對她沒有一絲一毫的想法，而周宣幫她的忙也只是碰巧而已。

弄清楚情況後，上官明月反而失望了！以她那麼驕傲的個性，只有男人追求她，捧著她，呵護她，但碰到周宣，這個定律就被打破了！

上官明月生著氣，而周宣卻是根本沒理會她，斜眼瞧著廳中這些男女，臉上儘是無所謂。

這時，廳中的人群忽然又哄動起來，因為從大廳外又進來兩個女孩子！

這兩個女孩子相貌竟然長得一模一樣，身高體態體形都是一樣，卻偏生又是美麗絕倫，跟剛剛進來又丟了糗的上官明月不相上下，這樣的美女，可真難得一見！

平常要見到一個都難，現在卻一下子出來了三個，更絕的是，這兩個無論相貌和體形身高胖瘦，都是一樣，顯然是一對雙胞胎姐妹！

人群中，女的羨慕，男的眼饞，安臣臉上趕緊堆起了笑容，拉著王妮娜迎了上去！

這一對姐妹，竟然是魏曉晴，魏曉雨！

請續看《淘寶黃金手》卷九 十億賭局

【附錄】

兩岸主要古玩市場・市集地址

台灣古玩市場・市集地址

台北市建國假日玉市：北市仁愛路、濟南路及建國南路高架橋下

台北市光華假日玉市：新生北路與八德路口

台北市三普古董商場：台北市新生南路一段十四號

台北市大都會珠寶古董商場：台北市中山區松江路二九一號B1

新竹市東門市場：新竹市東區中正路一〇六號

台中市立文化中心周遭：英才路、美村路、林森路、公益路、金山路和民生路等地段

台中市第五期重劃區：大隆路、精明一街、精明二街、東興路和大業路等地段

彰化：彰鹿路

高雄市：廣州街、廈門街、七賢三街、中正路、大豐路等

大陸古玩市場．市集地址

北京古玩城：北京市朝陽區東三環南路廿一號
北京潘家園舊貨市場：北京市朝陽區華威里十八號
上海國際收藏品市場：上海市江西中路四五七號
天津古物市場：天津市南開區東馬路水閣大街三十號
天津古玩城：天津市南開區古文化街
重慶市綜合類收藏品市場：重慶市渝中區較場口八二號
廣東省深圳市古玩城：廣東省深圳市樂園路十三號
廣東省深圳華之萃古玩世界：廣東省深圳市紅嶺路荔景大廈
江蘇省南京夫子廟市場：江蘇省南京市夫子廟東市
江蘇省南京金陵收藏品市場：江蘇省南京市清涼山公園
浙江省杭州市民間收藏品交易市場：浙江省杭州市湖墅南路
浙江省紹興市古玩市場：浙江省紹興市紹興府河街四一號
福建省白鷺洲古玩城：福建省廈門市湖濱中路
福建省泉州市塗門街古玩市場：福建省泉州市狀元街、文化街及鐘樓附近
河南省洛陽市西工古玩市場：河南省洛陽市洛陽中州路
河南省洛陽市潞澤文物古玩市場：河南省洛陽市九都東路一三三號

湖北省武昌市古玩城：湖北省武昌市東湖中南路
四川省成都市文物古玩市場：四川省成都市青華路三六號
遼寧省大連市古玩城：遼寧省大連市港灣街一號
遼寧省瀋陽市古玩城：遼寧省瀋陽市瀋陽故宮附近
黑龍江省哈爾濱市馬家街古玩市場：黑龍江省哈爾濱市南崗區馬家街西頭
吉林省長春市吉發古玩城：吉林省長春市清明街七四號
山東省青島市古玩市場：山東省青島市昌樂路
河北省石家莊市古玩城：河北省石家莊市西大街一號
山西省平遙古物市場：山西省平遙縣明清街
山西省太原南宮收藏品市場：山西省太原市迎澤路
陝西省西安市古玩城：陝西省西安市朱雀大街中段二號
安徽省合肥市城隍廟古玩城：安徽省合肥市城隍廟
甘肅省蘭州古玩城：甘肅省蘭州市白塔山公園
雲南省昆明市古玩城：雲南省昆明市桃園街一一九號
江西省南昌市滕王閣古玩市場：江西省南昌市滕王閣
貴州省貴陽市花鳥古玩市場：貴州省貴陽市陽明路
湖南省長沙市博物館古玩一條街：湖南省長沙市清水塘路

淘寶黃金手 卷八 美人淘寶

作者：羅曉
出版者：風雲時代出版股份有限公司
出版所：風雲時代出版股份有限公司
地址：105台北市民生東路五段178號7樓之3
風雲書網：http://www.eastbooks.com.tw
官方部落格：http://eastbooks.pixnet.net/blog
Facebook：http://www.facebook.com/h7560949
信箱：h7560949@ms15.hinet.net
郵撥帳號：12043291
服務專線：(02)27560949
傳真專線：(02)27653799
執行主編：朱墨菲
美術編輯：許惠芳

法律顧問：永然法律事務所 李永然律師
北辰著作權事務所 蕭雄淋律師

版權授權：蔡雷平
初版日期：2013年5月
初版二刷：2013年5月20日
ISBN：978-986-146-956-0

總 經 銷：成信文化事業股份有限公司
地　　址：新北市新店區中正路四維巷二弄2號4樓
電　　話：(02)2219-2080

行政院新聞局局版台業字第3595號 營利事業統一編號22759935

定價：280元　特價：199元

國家圖書館出版品預行編目資料

淘寶黃金手／羅曉著. -- 初版-- 臺北市：風雲時代，
2012.12 -- 冊；公分

ISBN 978-986-146-956-0（第8冊；平裝）

857.7　　101024088